瑞蘭國際

瑞蘭國際

瑞蘭國際

瑞蘭國際

最佳日語學習入門

大學生日本語初級

全新修訂版

打造未來競爭力，
就從學日語開始！

余秋菊、陳宗元、張恆如、張暖彗　著／元氣日語編輯小組　總策劃

前言

《大學生日本語 初級》是一本為基礎日語的學習者所編寫的學習書。希望藉由本書的出版為有志學習日語的人開啟一扇便捷之門。

本書編有十課，每課之文法、句型循序漸進，深入淺出，並搭配書寫、聽解、讀解等各項練習，整合、確認學習的成果。此外，配合學習內容介紹的日本文化短文，讓學習者除了語言的學習外，更多了對日本文化、社會現況的掌握。

本書集合幾位對日語教學充滿熱誠及經驗的老師共同編寫，內容力求嚴謹、實用，出版單位的精心設計，漫畫插圖的編排，讓學習多了些活潑的氣氛。

學習書的編寫內容繁複，若有不足之處，由衷期盼各位先進不吝指教與鞭策，共同為日語教育貢獻心力。

余秋菊

回顧本書從去年第一次討論開始，其間經過幾位講師的通力合作與出版社的全力支援，終於能夠在2009年的夏末完成，實在得來不易。

本書內容力求簡易活潑，希望能使學生在輕鬆愉快的心情下打好日語的基礎。此外，本書也附上MP3，學生除了在課堂練習之外，也能在家自我訓練聽力。還有書末的參考資料與各課後的豆知識，林林總總無非是表示編輯群與諸位講師們，衷心地希望本書的出版能帶給學生在學習上的自信，以及教師在授課上的方便。

後學才疏學淺有幸忝為編輯講師的一員，既慚愧也深感榮幸。在此感謝另外三位講師的精心企畫，以及出版社的諸位執事者盡全力的協助。最後還請各方日語教育先進者，賜予指教，令我們能百尺竿頭更進一步，在此誠心地期盼著。

陳宗元

秉持一股方便教學者使用及自學者自習的信念，我們幾位執筆人透過無數次的電子郵件資料往返與多次的會面討論，終於將此日語學習書定稿完成。本人懷著一顆期待與謙卑的心，希望投身日語教育的工作者與日語學習者不吝指教，給予指導與鼓勵。同時也感謝這段時間家人、工作夥伴及朋友的關懷與協助。

本書只是個前奏的序曲，我們將珍惜使用者的寶貴意見，朝著編輯PART II的目標努力前進。衷心感謝大家的支持。

《大學生日本語 初級》集結了每位老師對日語教學的理念與經驗，是一本從學習者立場發想、編輯而成的日語學習教材。藉由編寫的過程，也再次重新審視了目前的教學法則，以及學生們的需求，冀求能夠找到新的教學視野，也希望能讓有興趣學日語的同學，在本書中受到鼓舞，堅持學習日語這條路。

本書由最基礎的「五十音」開始，進而導入名詞、動詞以及形容詞等主要句型，精心規劃學習進度，每一課的內容適中，並且兼顧學習的趣味性，朝著「零負擔、完整學習」的理想邁進。

希望各方前輩和學習者不吝賜教，讓這股「教與學」的熱忱可以更加延綿不絕。

張暖彗

本書は、経験豊富な四人の現役教師と、日本語教育に携わったことのある編集スタッフたちが、力を合わせて作り上げた、今までにない日本語入門テキストです。つまり、それぞれが教壇に立った際、「こういう教科書があったらいいのに……」という理想を、できる限り網羅したテキストといえます。

ですから、本書を使用することにより、学習の早い段階から正確な理解がなされ、効率的に力をつけることが可能です。また、書名にあるように大学生が初めて日本語を学ぶのにふさわしいだけでなく、それ以外の教育機関でも、もしくは自習用としても使えるものとなっています。

なお、この本を作成するにあたり、余秋菊先生、陳宗元先生、張恆如先生、張暖彗先生には貴重な時間を割いていただき、ご執筆またはご指導いただきました。ここに改めて謝意を表します。

元氣日語編輯小組

こんどうともこ

如何使用本書

《大學生日本語 初級》一書包含語彙、文型、會話、習題與延伸閱讀，是全方位的日語入門學習教材，不須另外添購副教材，即可同時訓練聽、說、讀、寫四大語言能力。各課取材內容著重生活化、實用性，避免枯燥刻板，使讀者樂於親近、學習。

從五十音開始，一步步奠定日語基礎實力

本書第一課及第二課為五十音平假名及片假名教學，除介紹假名字源、習寫之外，並利用相關單字輔助，配合口語練習，迅速熟練日語基礎發音，為學習奠基。

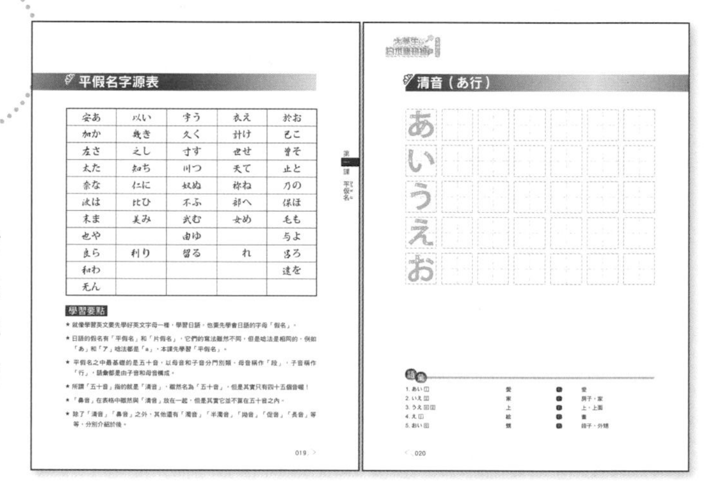

平假名字源表

安あ	以い	宇う	衣え	於お
加か	幾き	久く	計け	己こ
左さ	之し	寸す	世せ	曽そ
太た	知ち	川つ	天て	止と
奈な	仁に	奴ぬ	祢ね	乃の
波は	比ひ	不ふ	部へ	保ほ
末ま	美み	武む	女め	毛も
也や		由ゆ		与よ
良ら	利り	留る	れ	呂ろ
和わ				遠を
无ん				

學習要點

★ 就像學習英文要先學好英文字母一樣，學習日語，也要先學會日語的字母「假名」。

★ 日語的假名有「平假名」和「片假名」，它們的寫法雖然不同，但是唸法是相同的，例如「あ」和「ア」唸法都是「a」，本課先學習「平假名」。

★ 平假名之中最基礎的是五十音，以母音和子音分門別類，母音稱作「段」，子音稱作「行」，語彙都是由子音和母音構成。

★ 所謂「五十音」指的就是「清音」，雖然名為「五十音」，但是其實只有四十五個音喔！

★「鼻音」在表格中雖然與「清音」放在一起，但是其實它並不算在五十音之內。

★ 除了「清音」「鼻音」之外，其他還有「濁音」「半濁音」「拗音」「促音」「長音」等等，分別介紹於後。

019

清音（あ行）

あ
い
う
え
お

020

六階段循序漸進學習

第三課之後開始導入基礎句型與會話，每課皆以六階段循序漸進學習，搭配MP3反覆聆聽練習，奠定日語基礎實力。

だいさんか
第三課
わたしは
がくせい
学生です。
重點提示
1. わたしは　学生です。
2. 張さんは　会社員じゃ　ありません。
3. 先生は　どなたですか。
4. 美和さんは　日本の交換留学生です。

Step1 確立學習目標

標示每課必學重點句型及重要觀念，在進入正式課程前，即能清楚掌握各課學習要點；課程結束後，也能作為每課複習重點。

Step2 文型、文型練習

運用課程句型，集結3～4句為一短文會話的範例，讓學習者了解句型在日常會話中的活用場景，學習最實用的日語。

Step3 語彙

每課有50個語彙，學習最基礎的實用單字。每個語彙先列出假名並標示重音，次列出漢字或外來語源，最後列出中文說明，是最適合日語初學者的學習方式。

MP3音軌序號，發音語調標準，學習最正確的日文。

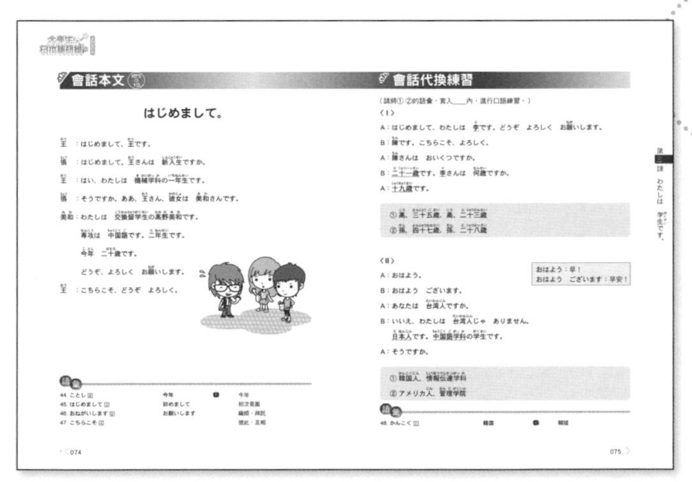

會話本文

はじめまして。

王：はじめまして、王です。

張：はじめまして、王さんは　新入生ですか。

王：はい、わたしは　機械学科の一年生です。

張：そうですか。ああ、王さん、彼女は　美和さんです。

美和：わたしは　交換留学生の高野美和です。

専攻は　中国語です。二年生です。

今年　二十歳です。

どうぞ、よろしく　お願いします。

王：こちらこそ、どうぞ　よろしく。

44. ことし	今年	今年
45. はじめまして	初めまして	初次見面
46. おねがいします	お願いします	麻煩・拜託
47. こちらこそ		彼此・互相

074

會話代換練習

（請將①②的語彙，套入＿＿內，進行口語練習。）

〈I〉

A：はじめまして、わたしは　李です。どうぞ　よろしく　お願いします。

B：陳です。こちらこそ、よろしく。

A：陳さんは　おいくつですか。

B：二十一歳です。李さんは　何歳ですか。

A：十九歳です。

①高、三十五歳、高、二十三歳

②孫、四十七歳、孫、二十八歳

〈II〉

A：おはよう。

B：おはよう　ございます。

A：あなたは　台湾人ですか。

B：いいえ、わたしは　台湾人じゃ　ありません。

日本人です。中国語学科の学生です。

A：そうですか。

おはよう：早！

おはよう　ございます：早安！

①韓国人、情報伝達学科

②アメリカ人、管理学院

48. かんこく	韓国	韓國

075

第三課　わたしは　学生です。

Step4 會話、會話代換練習

依課程學習主軸，設定對話場景，應用所學句型，套用至實境。運用所學語彙代換會話關鍵字，反覆交叉練習，使用日語交談一點也不難。

Step5 學習總複習

幫助融會貫通課程內容，了解自我學習成效，迅速精進日語整體能力。

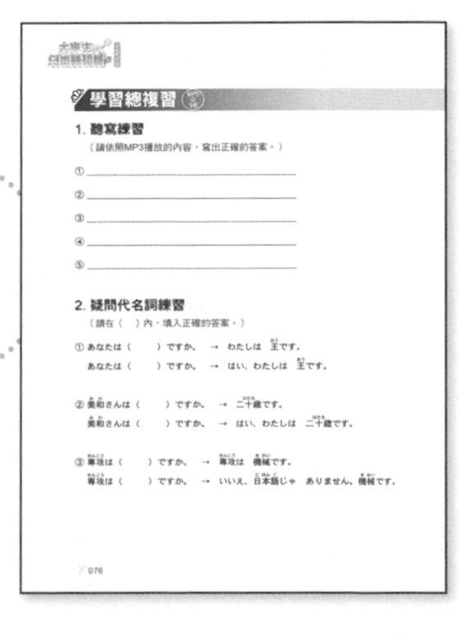

學習總複習

1. 聽寫練習

（請依照MP3播放的內容，寫出正確的答案。）

① ＿＿＿＿＿＿＿＿

② ＿＿＿＿＿＿＿＿

③ ＿＿＿＿＿＿＿＿

④ ＿＿＿＿＿＿＿＿

⑤ ＿＿＿＿＿＿＿＿

2. 疑問代名詞練習

（請在（　）內，填入正確的答案。）

① あなたは（　　）ですか。　→　わたしは　王です。

あなたは（　　）ですか。　→　はい、わたしは　王です。

② 美和さんは（　　）ですか。　→　二十歳です。

美和さんは（　　）ですか。　→　はい、わたしは　二十歳です。

③ 専攻は（　　）ですか。　→　専攻は　機械です。

専攻は（　　）ですか。　→　いいえ、日本語じゃ　ありません。機械です。

076

Step6 豆知識

依課程中出現的語彙或會話內容，延伸出相關的日本文化、社會、現況……等介紹。了解日本，為學習加分。

豆知識

お名前（なまえ）は？　尊姓大名？

不論古今中外，名字都是相當重要的，在日本小孩出生後第七天，就要聚集親朋好友舉行「名付（なづ）け」或「命名（めいめい）」的儀式，將決定好的名字寫在「奉書紙（ほうしょがみ）」或「半紙（はんし）」上，放在神桌前。

日本人取名字，會隨時代變遷，人氣用字也跟著不同。根據統計，五、六〇年代的日本男生，用最多的是「誠（まこと）」；七〇年代男生，最有人氣的名字是「大輔（だいすけ）」；而八〇年代男生，有很多人喜歡用「翔太（しょうた）」、「拓也（たくや）」和「健太（けんた）」等名字，至於九〇年代男生則是「大輝（だいき）」、「勇人（ゆうと）」之類的名字佔多數。

而女生方面，大家印象中的「〇〇子」，大約是六〇年代中期之前取的，之後漸漸由「愛（あい）」、「美咲（みさき）」、「さくら」或是「陽菜（ひな）」等取代。

另外，最近還有一種新趨勢，就是把外國人的名字，以諧音的漢字代替。例如：「奈緒美」（ナオミ）、「恵理」（エリ）。有些甚至捨漢字，直接用片假名標示，像「レオ」、「サラ」、「リサ」、「マリ」，在日本都已經相當普遍了！

雖然每個時代的父母所選用的字大為不同，但不難發現，每個名字的背後其實都暗藏了父母對孩子的諸多期許，像是愛、美麗、健康和勇敢等。

お名前（なまえ）は？你的名字又蘊藏著怎樣的期許呢？

080

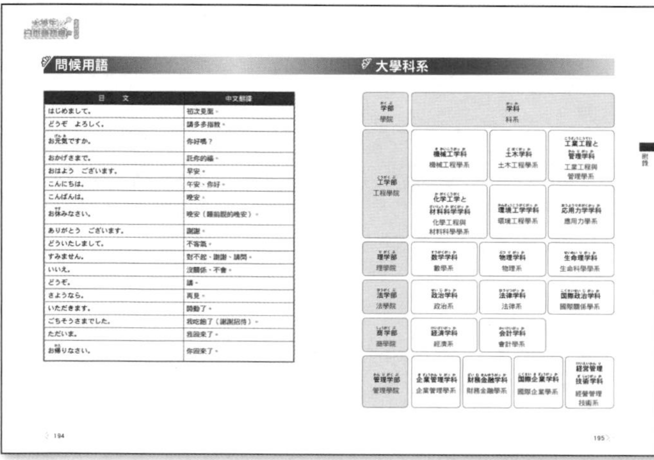

問候用語

日　文	中文翻譯
はじめまして。	初次見面。
どうぞ　よろしく。	請多多指教。
お元気（げんき）ですか。	你好嗎？
おかげさまで。	託你的福。
おはよう　ございます。	早安。
こんにちは。	午安、你好。
こんばんは。	晚安。
お休（やす）みなさい。	晚安（睡前說的晚安）。
ありがとう　ございます。	謝謝。
どういたしまして。	不客氣。
すみません。	對不起、謝謝、請問。
いいえ。	沒關係、不會。
どうぞ。	請。
さようなら。	再見。
いただきます。	開動了。
ごちそうさまでした。	我吃飽了（謝謝招待）。
ただいま。	我回來了。
お帰（かえ）りなさい。	你回來了。

194

大學科系

學部 學院	學科 科系			
工学部 工程學院	機械工学科 機械工程學系	土木学科 土木工程學系	工業工程と管理学科 工業工程與管理學系	
	化学工学と材料科学学科 化學工程與材料科學學系	環境工学学科 環境工程學系	応用力学学科 應用力學系	
理学部 理學院	数学学科 數學系	物理学科 物理系	生命理学科 生命科學學系	
法学部 法學院	政治学科 政治系	法律学科 法律系	国際政治学科 國際關係學系	
商学部 商學院	経済学科 經濟系	会計学科 會計學系		
管理学部 管理學院	企業管理学科 企業管理學系	財務金融学科 財務金融學系	国際企業学科 國際企業學系	経営管理技術学科 經營管理技術系

195

附錄

配合各課需要，附錄包含問候用語、大學院系、數字、年齡、中日常見姓氏、時間日本行政區、世界國名等，可當作學習補充與參考。

分課解答、重點提示、會話中文翻譯

收錄各課學習總複習解答與重點文型與會話中譯，最適合教學現場參考與學生自修。

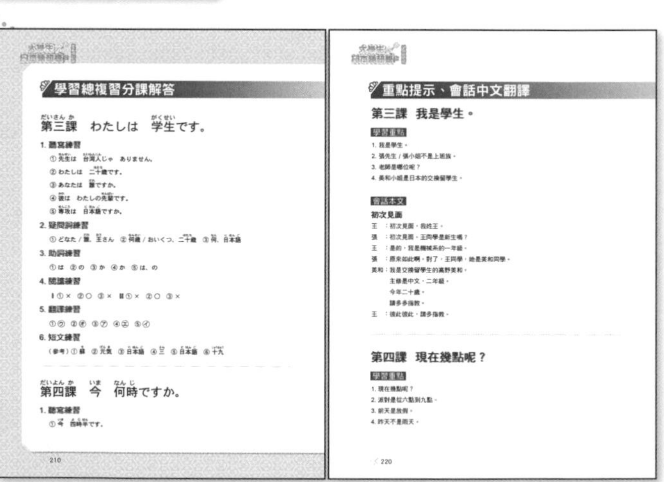

學習總複習分課解答

第三課（だいさんか）　わたしは　学生（がくせい）です。

1. 聽寫練習
① 先生は　台湾人じゃ　ありません。
② わたしは　二十歳です。
③ あなたは　誰ですか。
④ 彼は　わたしの先輩です。
⑤ 専攻は　日本語ですか。

2. 疑問詞練習
① どなた／誰、王さん　② 何歳／おいくつ、二十歳　③ 何、日本語

3. 助詞練習
① は　② の　③ か　④ か　⑤ は、の

4. 閱讀練習
Ⅰ ① ×　② ○　③ ×　Ⅱ ① ×　② ○　③ ×

5. 翻譯練習
① ㋒　② ㋔　③ ㋐　④ ㋓　⑤ ㋑

6. 短文練習
（參考）① 蘇　② 元気　③ 日本語　④ 三　⑤ 日本語　⑥ 十九

第四課（だいよんか）　今（いま）　何時（なんじ）ですか。

1. 聽寫練習
① 今　四時半です。

210

重點提示、會話中文翻譯

第三課　我是學生。

學習重點

1. 我是學生。
2. 張先生／張小姐不是上班族。
3. 老師是哪位呢？
4. 美和小姐是日本的交換留學生。

會話本文

初次見面

王　：初次見面，我姓王。
張　：初次見面，王同學是新生嗎？
王　：是的，我是機械系的一年級。
張　：原來如此啊，對了，王同學，她是美和同學。
美和：我是交換留學生的高野美和。
　　　主修是中文，二年級。
　　　今年二十歲。
　　　請多多指教。
王　：彼此彼此，請多指教。

第四課　現在幾點呢？

學習重點

1. 現在幾點呢？
2. 派對是從六點到九點。
3. 前天是放假。
4. 昨天不是雨天。

220

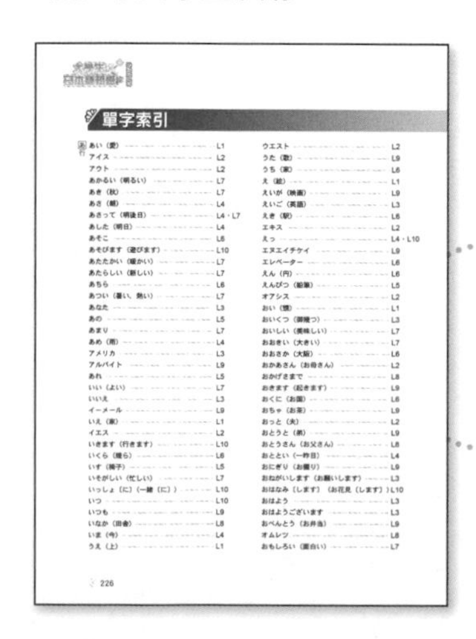

單字索引

226

單字索引

將本書出現單字按五十音序排列，便於讀者檢索參照。

本書語彙詞性略語說明

名	名詞
動	動詞
イ形	イ形容詞（或稱「形容詞」）
ナ形	ナ形容詞（或稱「形容動詞」）
代	代名詞
疑代	疑問代名詞
助	助詞
格助	格助詞
副助	副助詞
連體	連體詞
接尾	接尾詞
副	副詞
接續	接續詞
感嘆	感嘆詞

如何掃描 QR Code 下載音檔

1. 以手機內建的相機或是掃描 QR Code 的 App 掃描封面的 QR Code。
2. 點選「雲端硬碟」的連結之後，進入音檔清單畫面，接著點選畫面右上角的「三個點」。
3. 點選「新增至「已加星號」專區」一欄，星星即會變成黃色或黑色，代表加入成功。
4. 開啟電腦，打開您的「雲端硬碟」網頁，點選左側欄位的「已加星號」。
5. 選擇該音檔資料夾，點滑鼠右鍵，選擇「下載」，即可將音檔存入電腦。

目次

本書會話登場人物

元気大学(げんきだいがく)の学生(がくせい)

王台生(おうたいせい)（男(おとこ)）	張文恵(ちょうぶんけい)（女(おんな)）
大学生(だいがくせい)	大学生(だいがくせい)
一年生(いちねんせい)	四年生(よねんせい)

平成大学(へいせいだいがく)の

高野美和(たかのみわ)（女(おんな)）

交換留学生(こうかんりゅうがくせい)

二年生(にねんせい)

交換留学生（こうかんりゅうがくせい）

阿部勉（あべつとむ）（男（おとこ））

交換留学生（こうかんりゅうがくせい）

三年生（さんねんせい）

元気大学の教師（げんきだいがくのきょうし）

谷口先生（たにぐちせんせい）（男（おとこ））

日本人（にほんじん）

林先生（りんせんせい）（女（おんな））

台湾人（たいわんじん）

日語音韻表 MP3 ◎ 01

〔清音・鼻音〕

	あ段	い段	う段	え段	お段
あ行	あ ア a	い イ i	う ウ u	え エ e	お オ o
か行	か カ ka	き キ ki	く ク ku	け ケ ke	こ コ ko
さ行	さ サ sa	し シ shi	す ス su	せ セ se	そ ソ so
た行	た タ ta	ち チ chi	つ ツ tsu	て テ te	と ト to
な行	な ナ na	に ニ ni	ぬ ヌ nu	ね ネ ne	の ノ no
は行	は ハ ha	ひ ヒ hi	ふ フ fu	へ ヘ he	ほ ホ ho
ま行	ま マ ma	み ミ mi	む ム mu	め メ me	も モ mo
や行	や ヤ ya		ゆ ユ yu		よ ヨ yo
ら行	ら ラ ra	り リ ri	る ル ru	れ レ re	ろ ロ ro
わ行	わ ワ wa				を ヲ o
鼻音	ん ン n				

〔濁音・半濁音〕

が ガ ga	ぎ ギ gi	ぐ グ gu	げ ゲ ge	ご ゴ go
ざ ザ za	じ ジ ji	ず ズ zu	ぜ ゼ ze	ぞ ゾ zo
だ ダ da	ぢ ヂ ji	づ ヅ zu	で デ de	ど ド do
ば バ ba	び ビ bi	ぶ ブ bu	べ ベ be	ぼ ボ bo
ぱ パ pa	ぴ ピ pi	ぷ プ pu	ぺ ペ pe	ぽ ポ po

〔拗音〕

きゃ キャ kya	きゅ キュ kyu	きょ キョ kyo	しゃ シャ sha	しゅ シュ shu	しょ ショ sho
ちゃ チャ cha	ちゅ チュ chu	ちょ チョ cho	にゃ ニャ nya	にゅ ニュ nyu	にょ ニョ nyo
ひゃ ヒャ hya	ひゅ ヒュ hyu	ひょ ヒョ hyo	みゃ ミャ mya	みゅ ミュ myu	みょ ミョ myo
りゃ リャ rya	りゅ リュ ryu	りょ リョ ryo	ぎゃ ギャ gya	ぎゅ ギュ gyu	ぎょ ギョ gyo
じゃ ジャ ja	じゅ ジュ ju	じょ ジョ jo	びゃ ビャ bya	びゅ ビュ byu	びょ ビョ byo
ぴゃ ピャ pya	ぴゅ ピュ pyu	ぴょ ピョ pyo			

日語語調（アクセント）說明

本教材以東京標準音為主。採用在字彙後標記阿拉伯數字的數字標式法。□中的數字為重音核。

學習要點

- 日語的重音並非強弱音，而是各音節的相對高低音。所以日語的重音是以語調的高低來區分，因此也有人將「アクセント」的中文意思翻譯成「語調」。
- 日語一假名一音節（其他如拗音、促音、長音也是一音節）。日語語彙中，第一音節與第二音節的重音一定不同。
- 重音可分為平板型（無重音核）及起伏型（有重音核）。

① 平板型 0：第一音節略發低音，第二音節以後發高音。

すいか 0　　　ほし 0

② 起伏型：

頭高型：第一音節發高音，第二音節以後發低音。

ねこ 1　　　はは 1

中高型：第一音節略發低音，第二音節至重音核發高音，依標示的重音核之後再降低音。

せんせい 3　　　おかあさん 2

尾高型：第一音節略發低音，第二音節以後發高音。依照音節長短標示的數字，會有所不同。

くつ 2　　　あたま 3

- 重音核的標示 n ≧2時，標記 n 的字彙從第二音節到第 n 音節唸高音，第一音節及 n ＋1音節以下唸低音。
- 日語中有些假名相同的單字，重音不同意思也不同。例：

あめ 1：雨	もも 0：桃子	はな 0：鼻子
あめ 0：糖果	もも 1：大腿	はな 2：花

- 平板型與尾高型之差異：重音為平板型的字彙後面接助詞時，之後的助詞持續發高音，而尾高型的字彙後面所接的助詞則要發低音。

だいいっか
第一課

ひらがな
平仮名

重點提示

1. 假名是日語的表音文字。
2. 發音練習，一個假名為一拍，注意拍節（等拍）。
3. 書寫練習，注意曲線（圓形）、筆順，書寫方向是由上而下、由左而右。
4. 「平假名」是用來書寫日本原創性的語彙，即「和語」詞彙的表記法。

清音・鼻音表 MP3 ◎ 02

	あ段（a）	い段（i）	う段（u）	え段（e）	お段（o）
	平假名	平假名	平假名	平假名	平假名
あ行	あ	い	う	え	お
	a	i	u	e	o
か行（k）	か	き	く	け	こ
	ka	ki	ku	ke	ko
さ行（s）	さ	し	す	せ	そ
	sa	shi	su	se	so
た行（t）	た	ち	つ	て	と
	ta	chi	tsu	te	to
な行（n）	な	に	ぬ	ね	の
	na	ni	nu	ne	no
は行（h）	は	ひ	ふ	へ	ほ
	ha	hi	fu	he	ho
ま行（m）	ま	み	む	め	も
	ma	mi	mu	me	mo
や行（y）	や		ゆ		よ
	ya		yu		yo
ら行（r）	ら	り	る	れ	ろ
	ra	ri	ru	re	ro
わ行（w）	わ				を
	wa				o
鼻音	ん				
	n				

平假名字源表

安あ	以い	宇う	衣え	於お
加か	幾き	久く	計け	己こ
左さ	之し	寸す	世せ	曽そ
太た	知ち	川つ	天て	止と
奈な	仁に	奴ぬ	祢ね	乃の
波は	比ひ	不ふ	部へ	保ほ
末ま	美み	武む	女め	毛も
也や		由ゆ		与よ
良ら	利り	留る	れ	呂ろ
和わ				遠を
无ん				

學習要點

★ 就像學習英文要先學好英文字母一樣，學習日語，也要先學會日語的字母「假名」。

★ 日語的假名有「平假名」和「片假名」，它們的寫法雖然不同，但是唸法是相同的，例如「あ」和「ア」唸法都是「a」，本課先學習「平假名」。

★ 平假名之中最基礎的是五十音，以母音和子音分門別類，母音稱作「段」，子音稱作「行」，語彙都是由子音和母音構成。

★ 所謂「五十音」指的就是「清音」，雖然名為「五十音」，但是其實只有四十五個音喔！

★ 「鼻音」在表格中雖然與「清音」放在一起，但是其實它並不算在五十音之內。

★ 除了「清音」「鼻音」之外，其他還有「濁音」「半濁音」「拗音」「促音」「長音」等等，分別介紹於後。

清音（あ行）

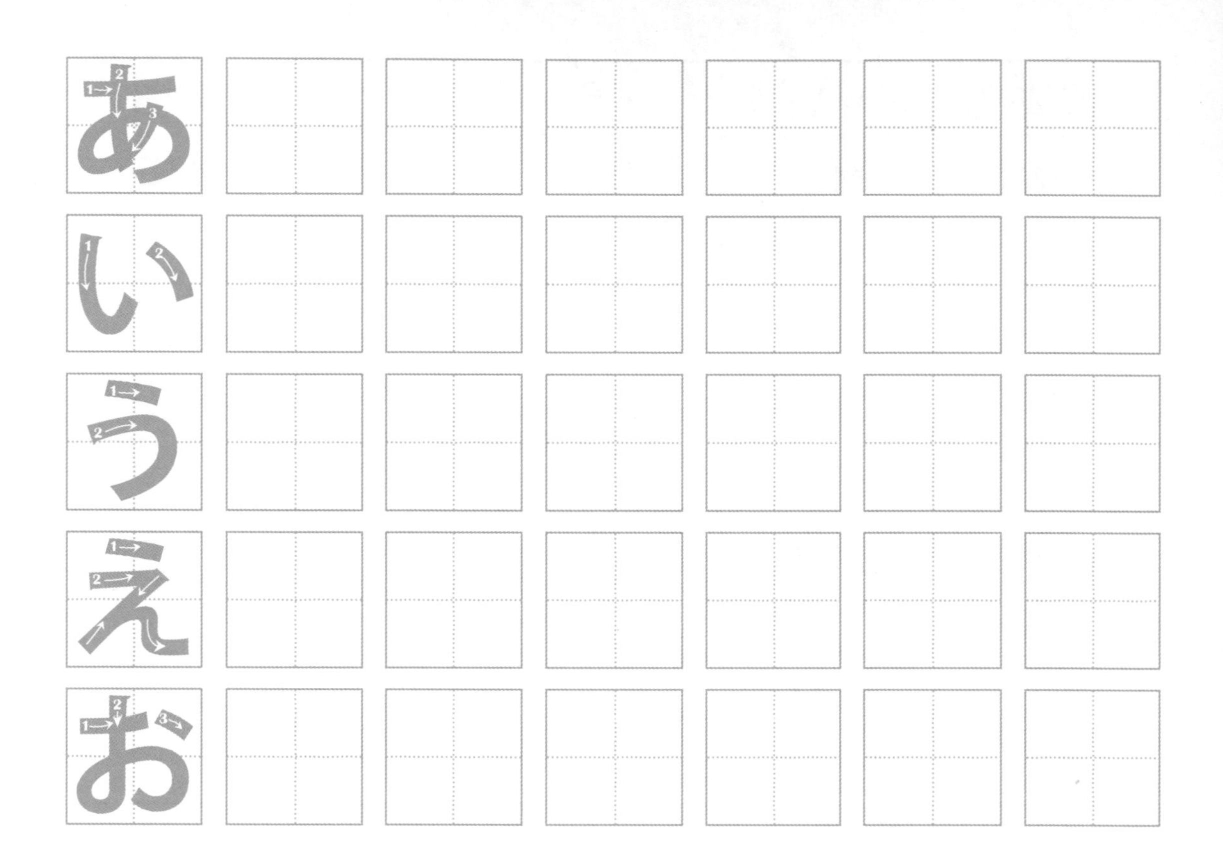

語彙

1. あい 1　愛　名　愛
2. いえ 2　家　名　房子，家
3. うえ 0 2　上　名　上，上面
4. え 1　絵　名　畫
5. おい 0　甥　名　姪子，外甥

清音（か行）

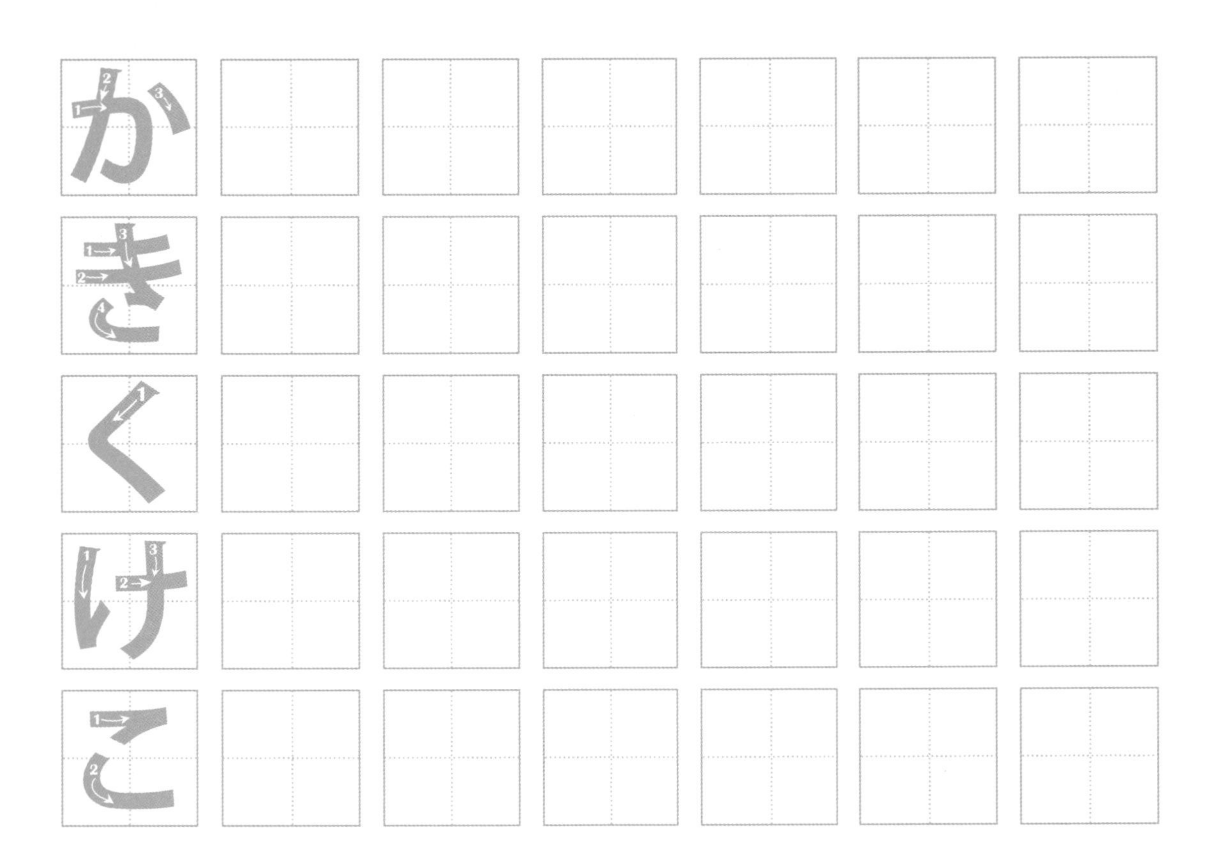

6. かい 1	貝	名	貝，貝殼
7. き 1	木	名	樹木
8. くうき 1	空気	名	空氣
9. け 0	毛	名	毛，頭髮
10. こえ 1	声	名	聲音

清音（さ行）

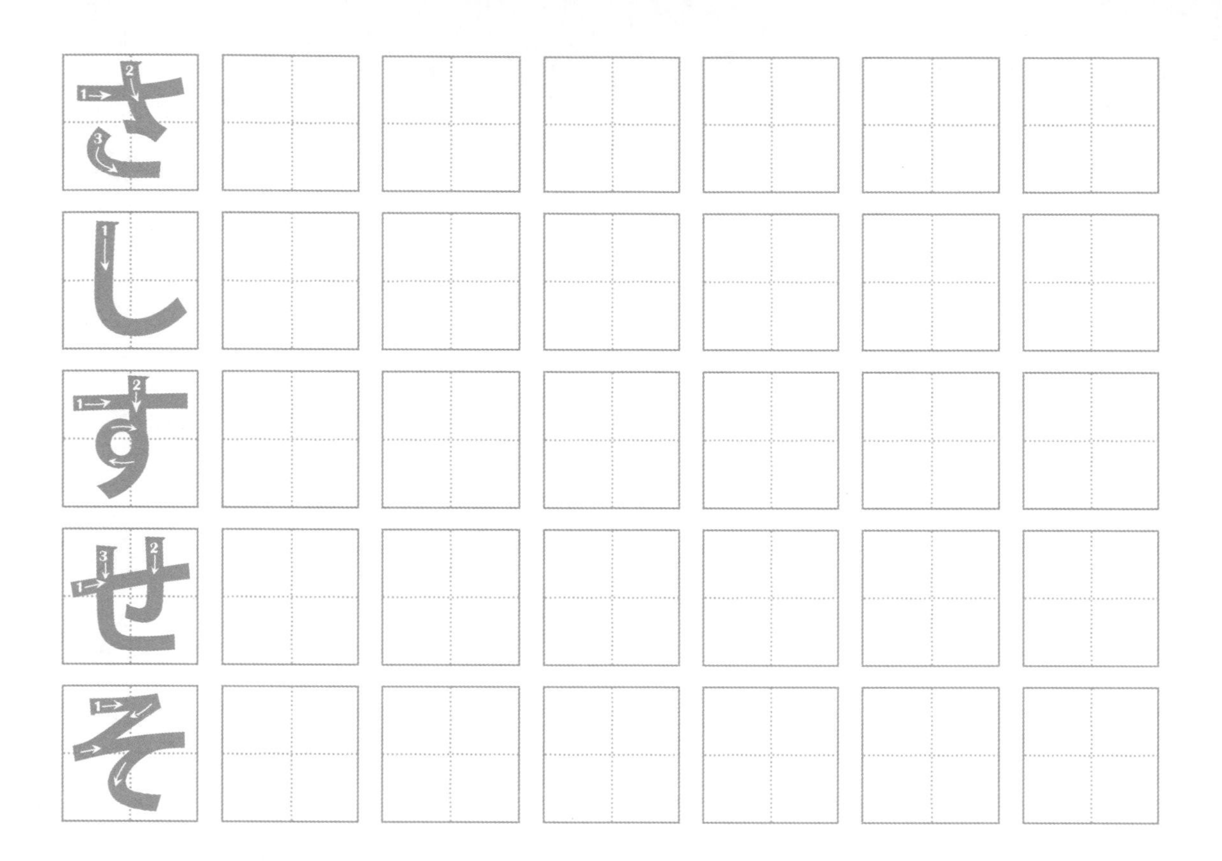

11. さけ 0	酒	名	酒
12. しお 2	塩	名	鹽
13. すいか 0	西瓜	名	西瓜
14. せき 1	席	名	座位
15. そと 1	外	名	外面

清音（た行）

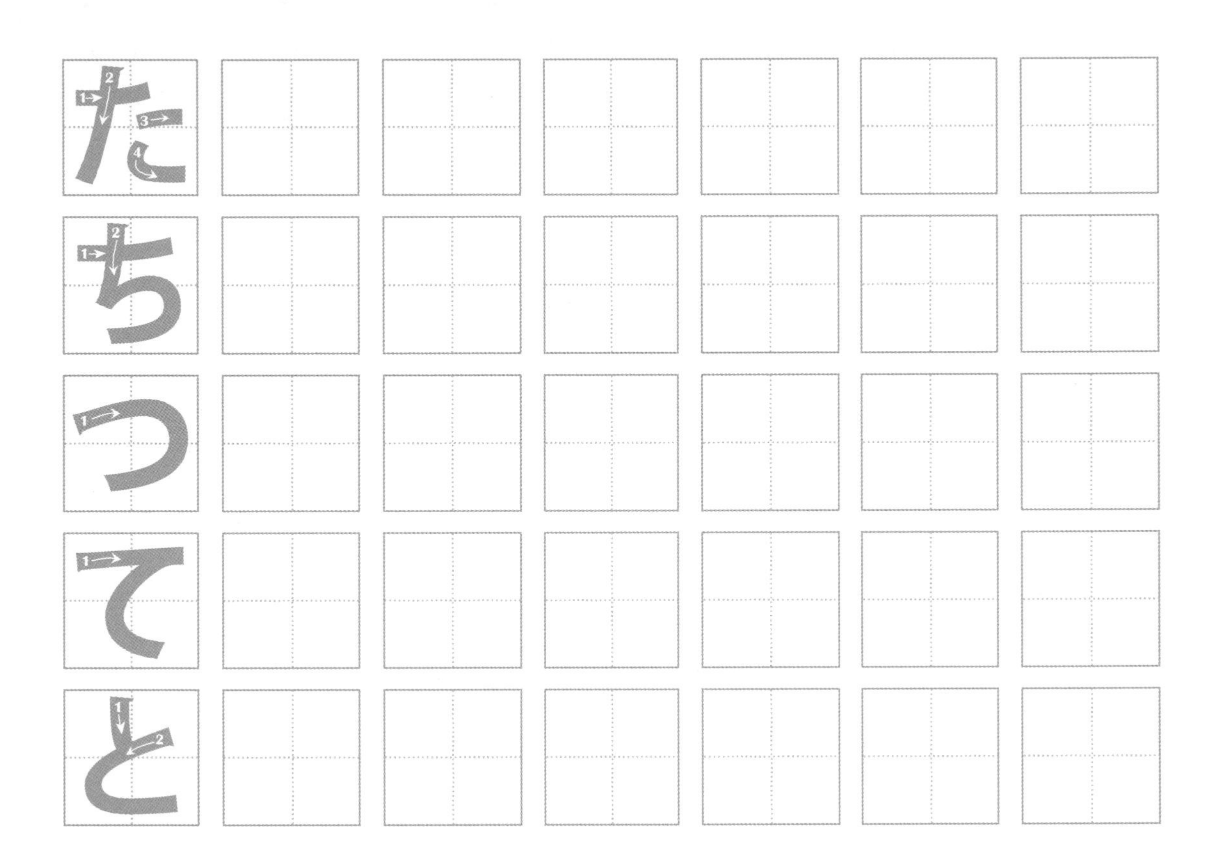

16. たこ [1]　蛸　名　章魚
17. ちち [1][2]　父　名　家父
18. つくえ [0]　机　名　桌子
19. て [1]　手　名　手
20. とけい [0]　時計　名　時鐘

清音（な行）

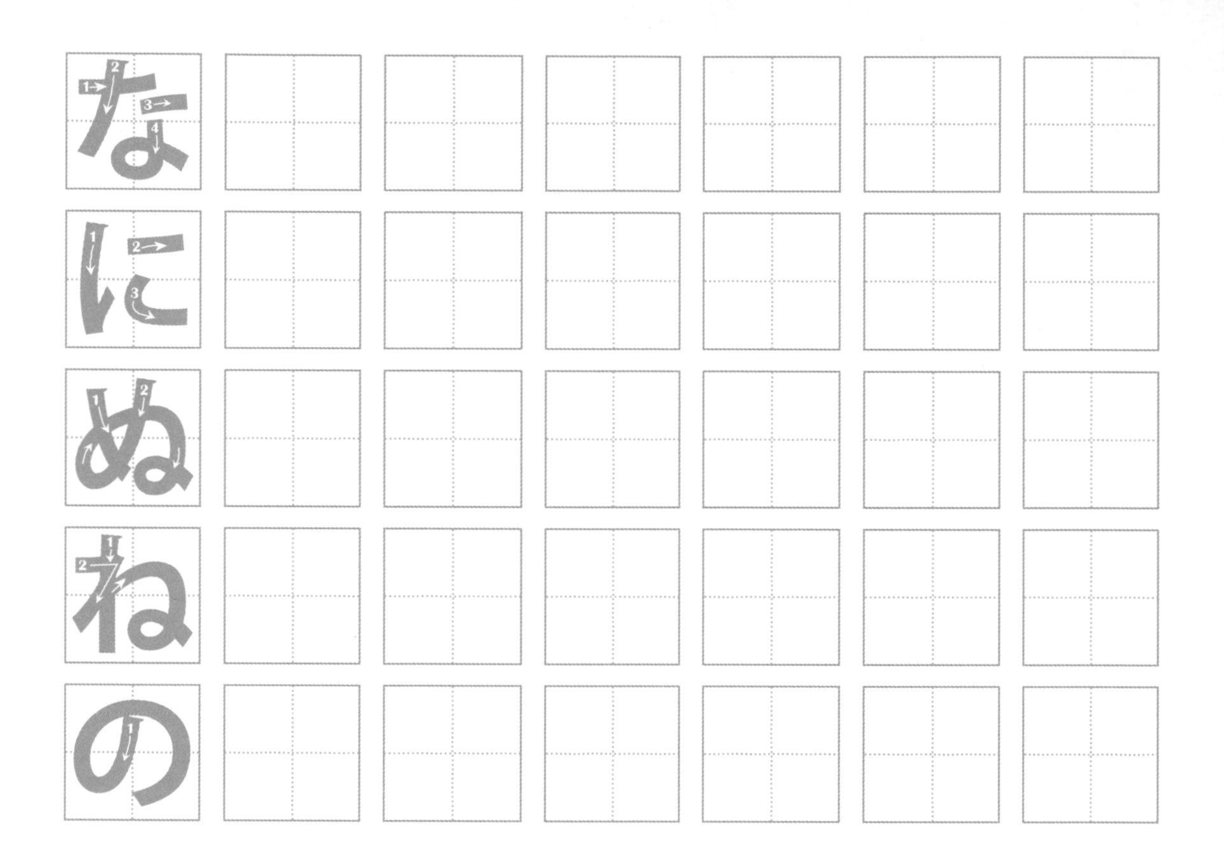

21. なつ 2	夏	名	夏季，夏天
22. にく 2	肉	名	肉
23. ぬの 0	布	名	布
24. ねこ 1	猫	名	貓
25. のう 1	脳	名	腦，頭腦

清音（は行）

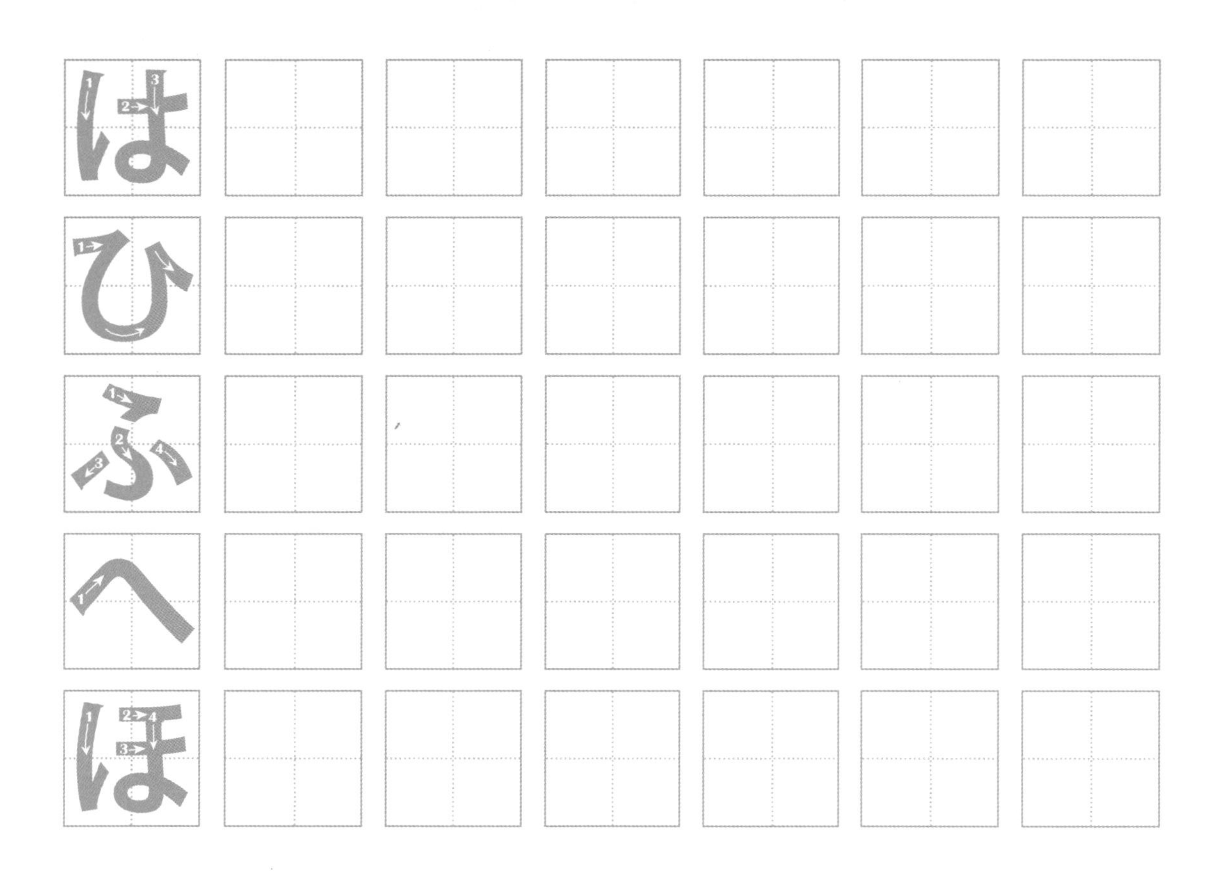

26. はは 1	母	名	家母
27. ひふ 1	皮膚	名	皮膚
28. ふく 2	服	名	衣服
29. へた 2	下手	ナ形	笨拙，不熟練（的）
30. ほし 0	星	名	星星

清音（ま行）

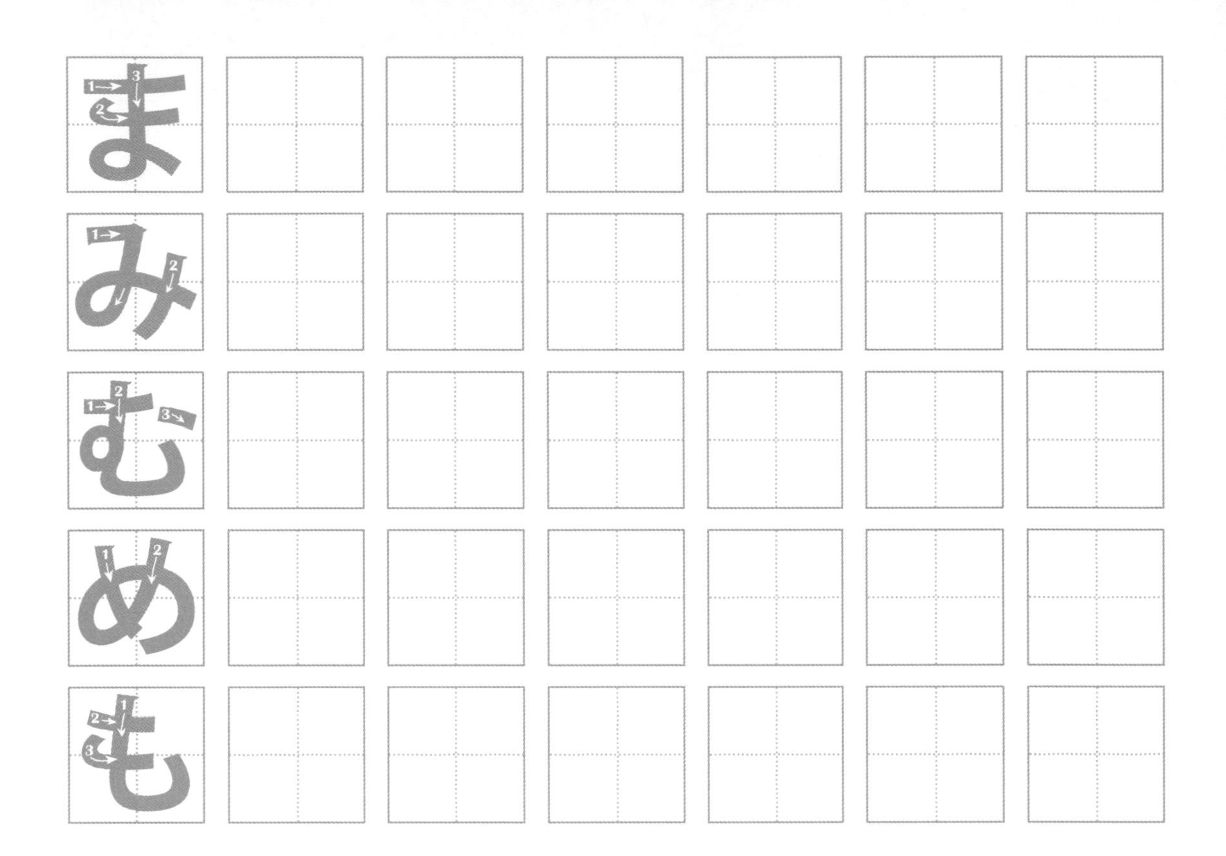

31. まえ ①	前	名	前面
32. みみ ②	耳	名	耳朵
33. むし ⓪	虫	名	蟲
34. めいし ⓪	名刺	名	名片
35. もも ⓪	桃	名	桃子

清音（や行）

 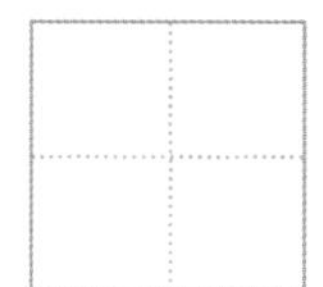 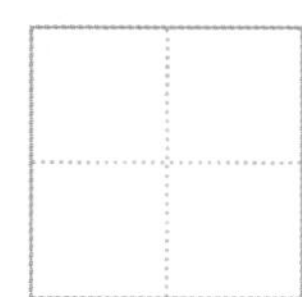 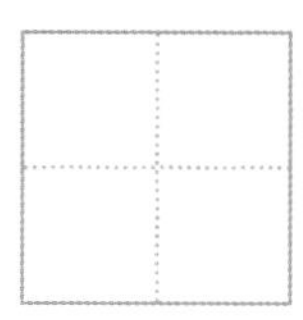  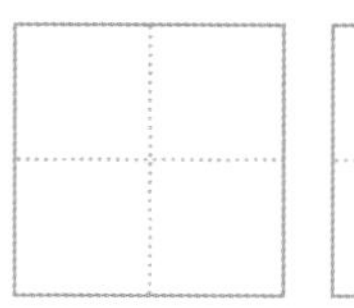

  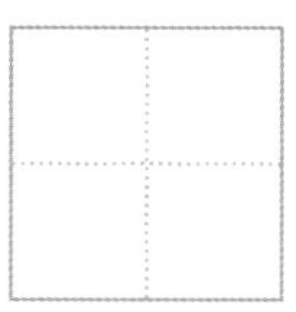 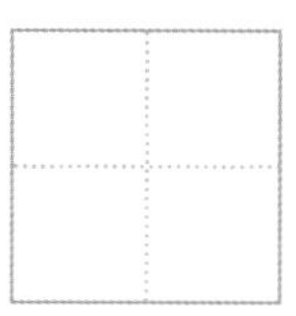 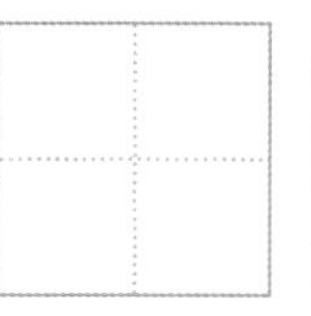 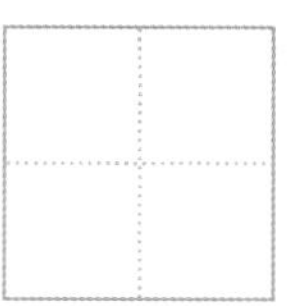

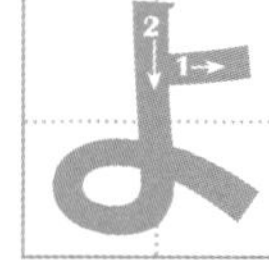   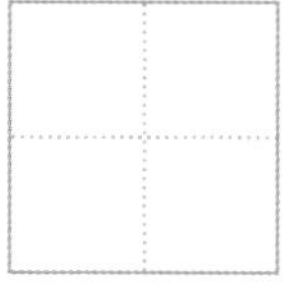  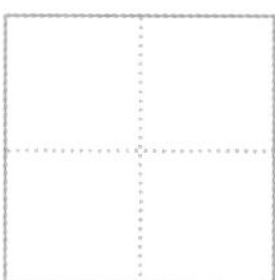

36. やま 2	山	名	山
37. ゆき 2	雪	名	雪
38. よこ 0	横	名	橫，旁邊

清音（ら行）

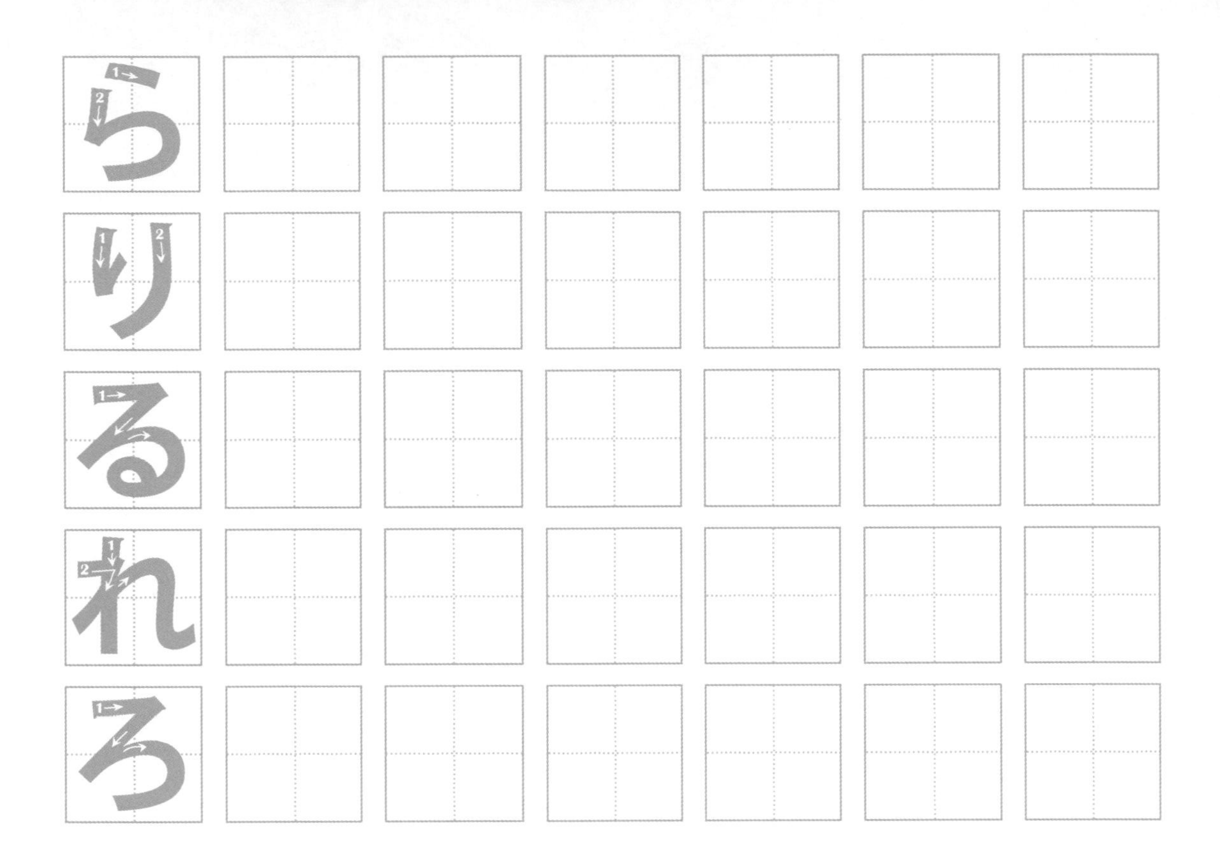

39. らいねん ⓪	来年	名	明年
40. りす ①	栗鼠	名	松鼠
41. るす ①	留守	名	不在家
42. れつ ①	列	名	行列，隊伍
43. ろく ②	六	名	六

清音（わ行）・鼻音

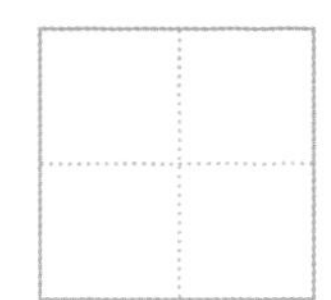
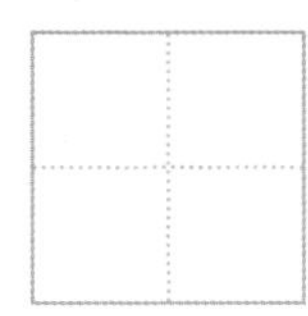
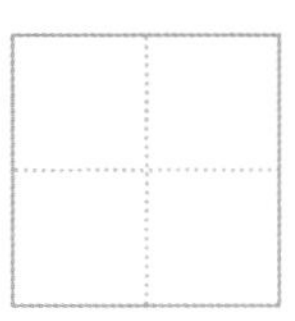
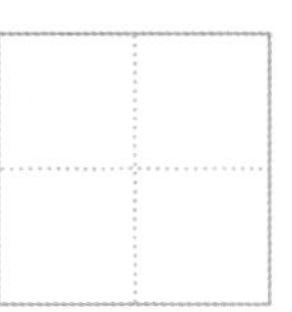
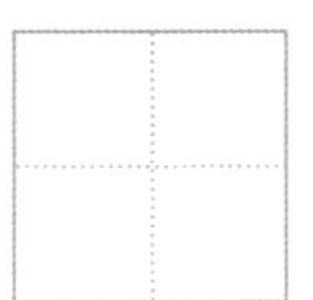
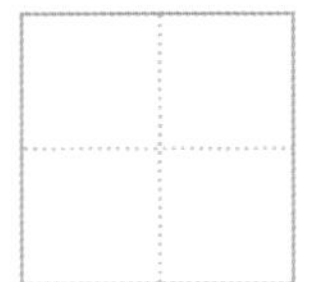

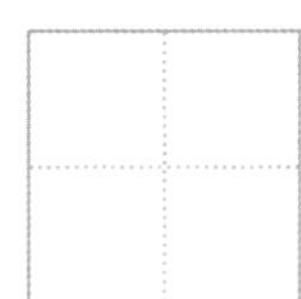

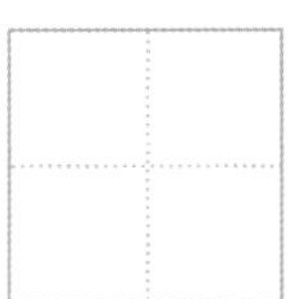
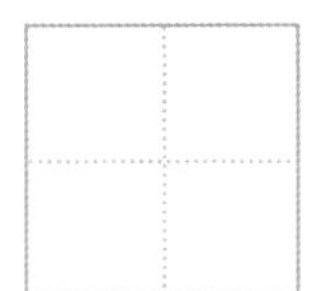

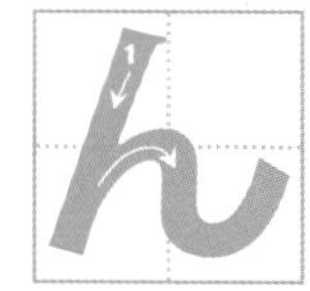
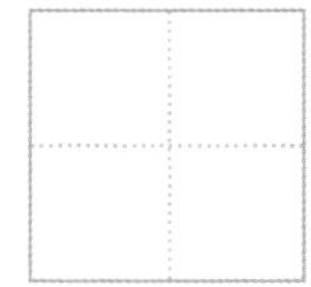

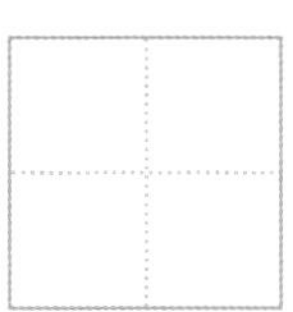
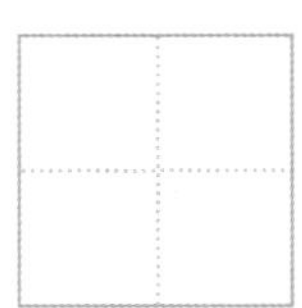

語彙

44. わたし [0]	私	名	我
45. くすりをのむ	薬を飲む		吃藥
46. にほん [2]	日本	名	日本

濁音・半濁音表 MP3 03

	あ段（a）	い段（i）	う段（u）	え段（e）	お段（o）
	平假名	平假名	平假名	平假名	平假名
が行（g）	が	ぎ	ぐ	げ	ご
	ga	gi	gu	ge	go
ざ行（z）	ざ	じ	ず	ぜ	ぞ
	za	ji	zu	ze	zo
だ行（d）	だ	ぢ	づ	で	ど
	da	ji	zu	de	do
ば行（b）	ば	び	ぶ	べ	ぼ
	ba	bi	bu	be	bo
ぱ行（p）	ぱ	ぴ	ぷ	ぺ	ぽ
	pa	pi	pu	pe	po

學習要點

★「濁音」和「半濁音」是由清音變化而來。清音的「か、さ、た、は」行在右上角加上兩個點，就變成了濁音「が、ざ、だ、ば」行；但是只有清音的「は」行在右上角加一個小圈圈，才會變成半濁音「ぱ」行。

★ 濁音總共有二十個假名，但是唸法其實只有十八種。其中「ず」和「づ」的唸法相同，「じ」和「ぢ」的唸法相同，要特別注意。

★ 濁音的二十個假名裡，「が、ぎ、ぐ、げ、ご」這五個音還可以發「鼻濁音」喔，差別在於發出來的聲音含有鼻音。

濁音（が行）

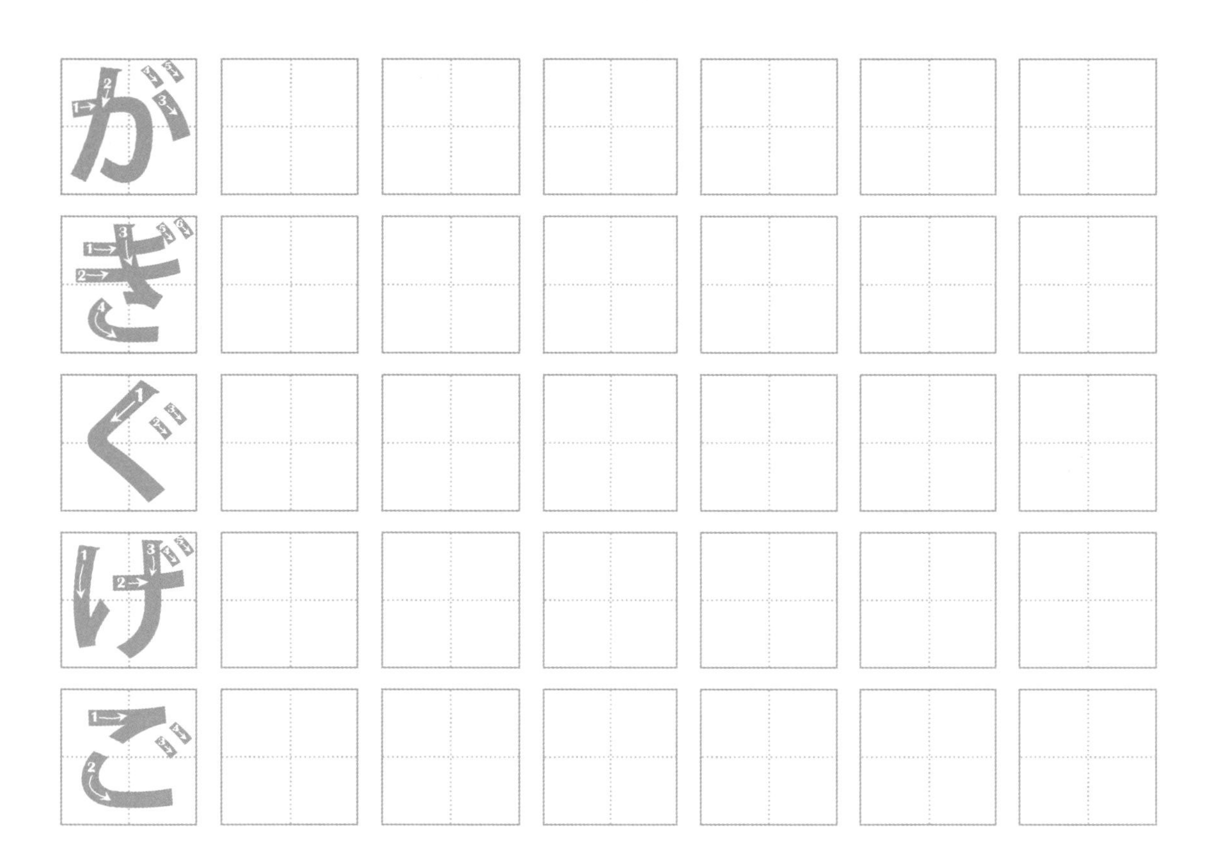

47. がか [0]	画家	名	畫家
48. ぎん [1]	銀	名	銀
49. ぐあい [0]	具合	名	狀況，樣子
50. げんき [1]	元気	ナ形	有精神（的）
51. ごみ [2]		名	垃圾

濁音（ざ行）

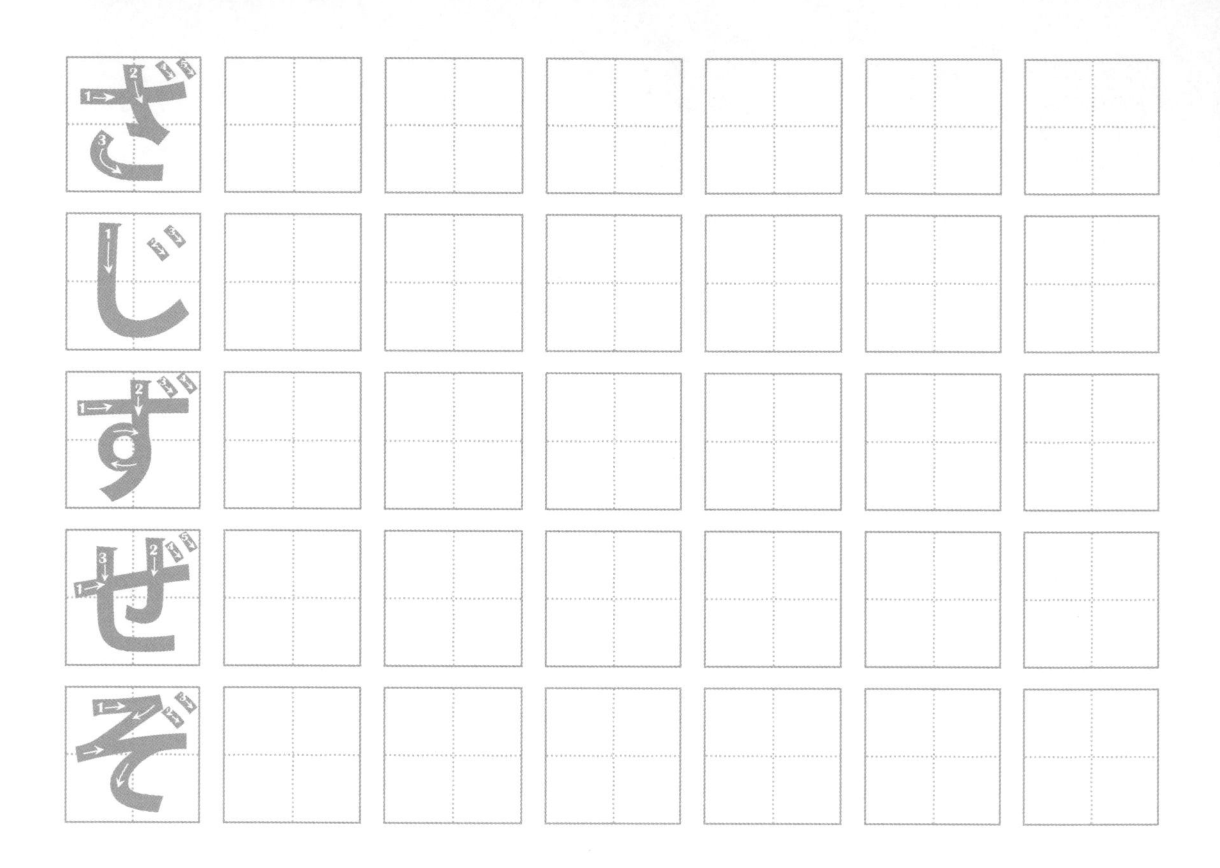

52. ざる 0	笊	名	竹簍
53. じかん 0	時間	名	時間
54. ずつう 0	頭痛	名	頭痛
55. ぜいにく 0	贅肉	名	贅肉
56. ぞう 1	象	名	大象

濁音（だ行）

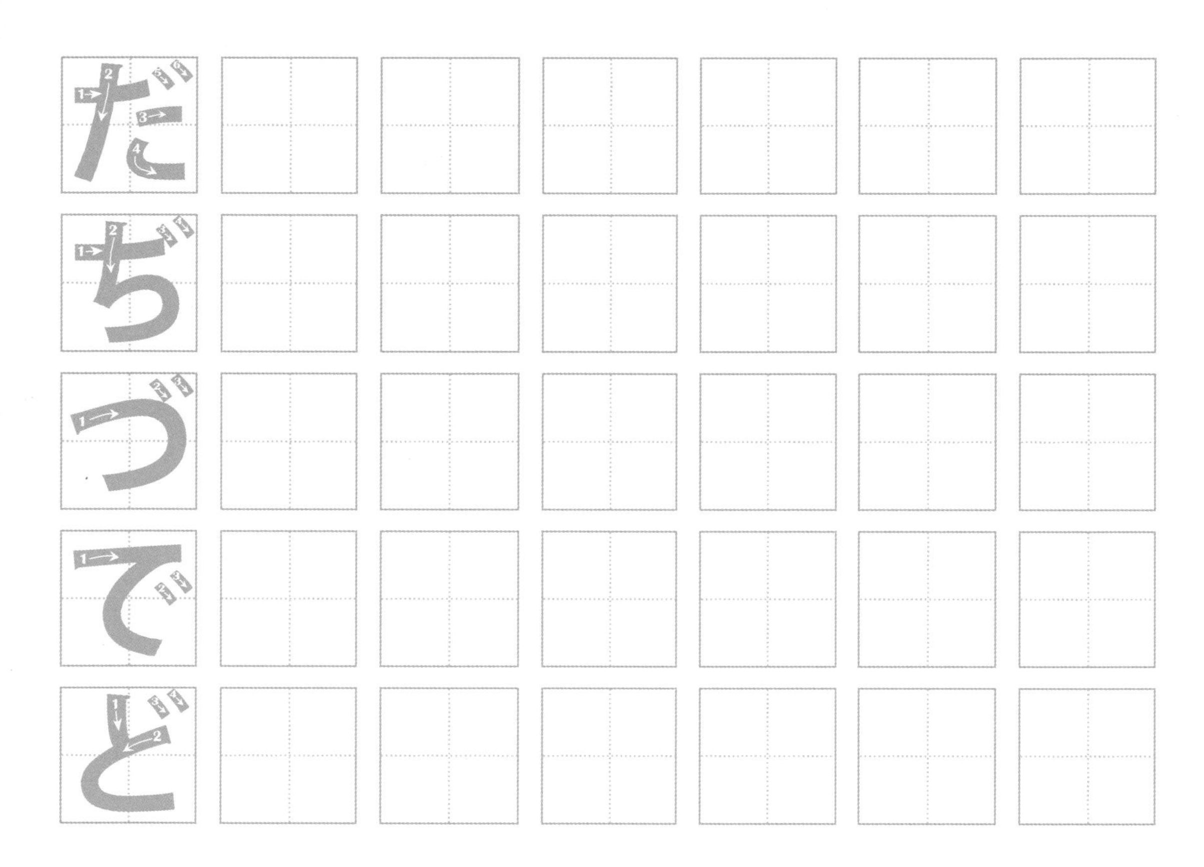

57. だれ 1	誰	疑代	誰
58. はなぢ 0	鼻血	名	鼻血
59. こづつみ 2	小包	名	包裹
60. でんわ 0	電話	名	電話
61. どこ 1	何処	疑代	哪裡

濁音（ば行）

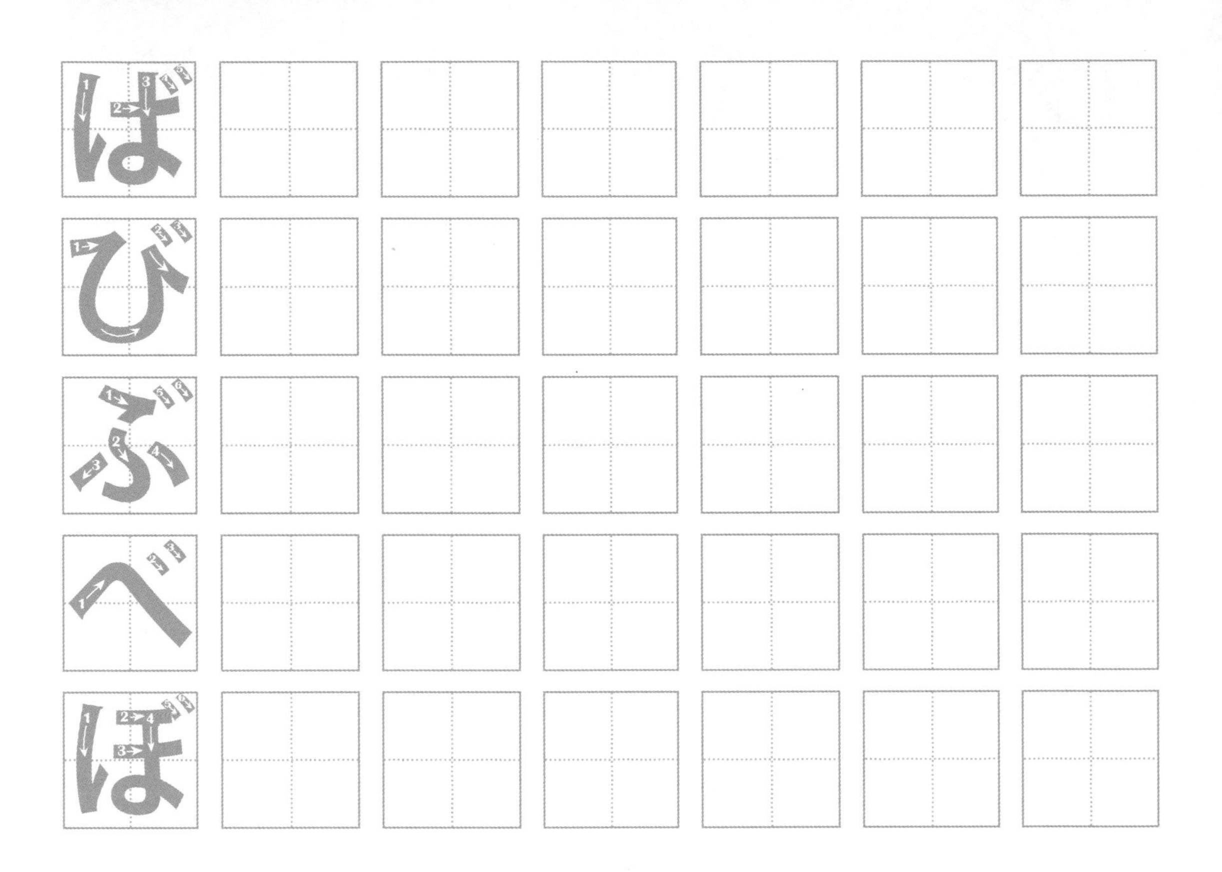

62. ばら 0	薔薇	名	玫瑰
63. びじん 0 1	美人	名	美女
64. ぶた 0	豚	名	豬
65. べんり 1	便利	ナ形	方便（的），便利（的）
66. ぼく 1	僕	代	我（男性對同輩及晚輩的自稱）

半濁音（ぱ行）

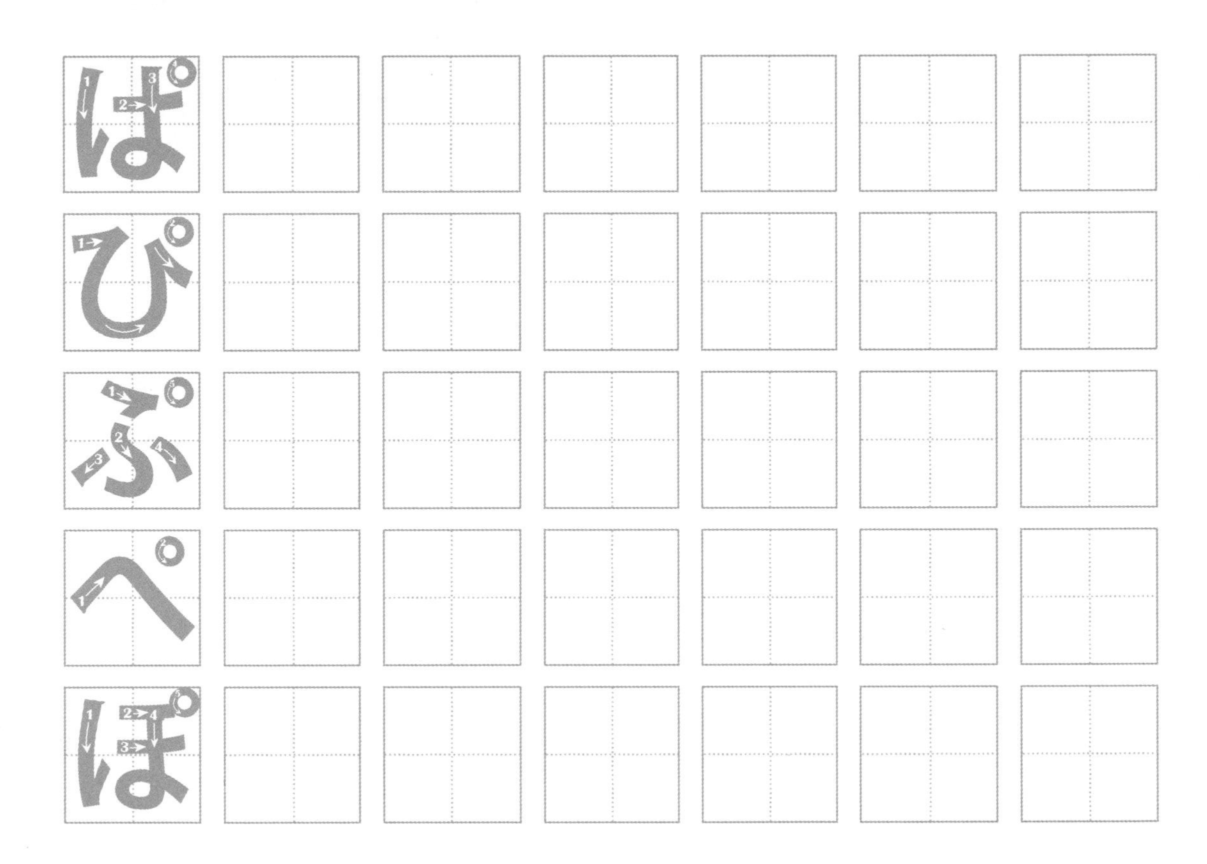

語彙

67. ぱらぱら ⓪ ①	副 ナ形	（雨）稀稀落落地
68. ぴかぴか ⓪ ① ②	副 ナ形	閃閃發亮地
69. ぷんぷん ①	副	怒氣沖沖地
70. ぺらぺら ⓪ ①	副 ナ形	語調流暢狀
71. ぽたぽた ①	副	滴滴答答地

拗音表 MP3 ◎ 04

平假名		平假名		平假名	
きゃ	kya	きゅ	kyu	きょ	kyo
しゃ	sha	しゅ	shu	しょ	sho
ちゃ	cha	ちゅ	chu	ちょ	cho
にゃ	nya	にゅ	nyu	にょ	nyo
ひゃ	hya	ひゅ	hyu	ひょ	hyo
みゃ	mya	みゅ	myu	みょ	myo
りゃ	rya	りゅ	ryu	りょ	ryo
ぎゃ	gya	ぎゅ	gyu	ぎょ	gyo
じゃ	ja	じゅ	ju	じょ	jo
びゃ	bya	びゅ	byu	びょ	byo
ぴゃ	pya	ぴゅ	pyu	ぴょ	pyo

學習要點

★ 拗音的構成，是「い」段假名裡面除了「い」之外，其他如「き、し、ち、に、ひ、み、り、ぎ、じ、び、ぴ」幾個音，在其右下方加上字體較小的「ゃ、ゅ、ょ」，兩個音合成一個音之後，就形成了拗音。

★ 寫拗音時，字體較小的「ゃ、ゅ、ょ」必須寫在「い」段假名的右下方，如「きゃ」。

★ 拗音的唸法，是把兩個假名的音拼在一起，例如「きゃ」（kya）這個發音，就是「き」（ki）和「や」（ya）合併來的。

拗音（きゃ行・しゃ行）

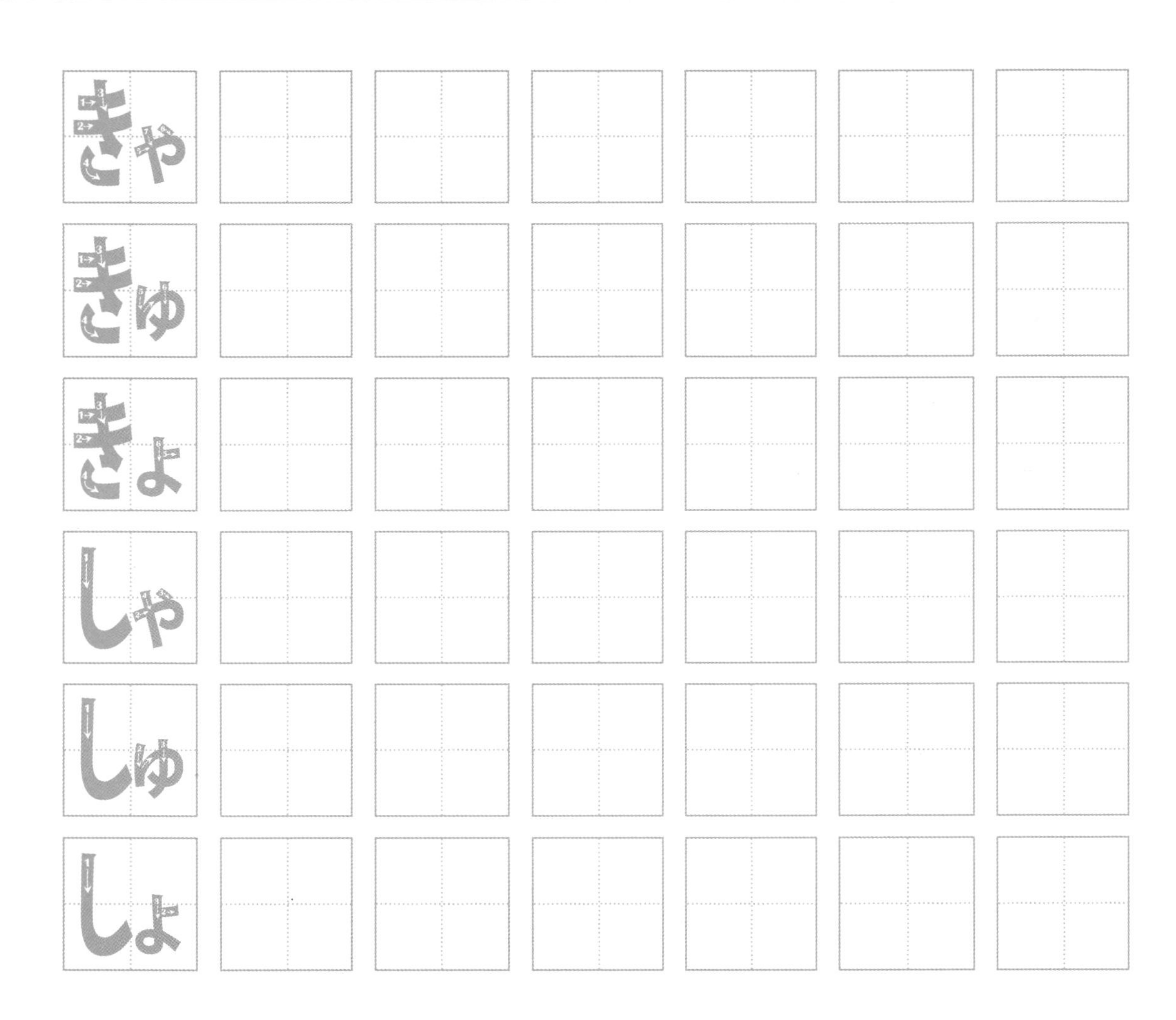

72. きゃく [0]	客	名	客人
73. きゅう [1]	九	名	九
74. きょか [1]	許可	名	允許
75. しゃしん [0]	写真	名	照片
76. しゅみ [1]	趣味	名	嗜好
77. しょくじ [0]	食事	名	用餐

拗音（ちゃ行・にゃ行・ひゃ行・みゃ行・りゃ行）

ちゃ

ちゅ

ちょ

にゃ

にゅ

にょ

ひゃ

ひゅ

ひょ

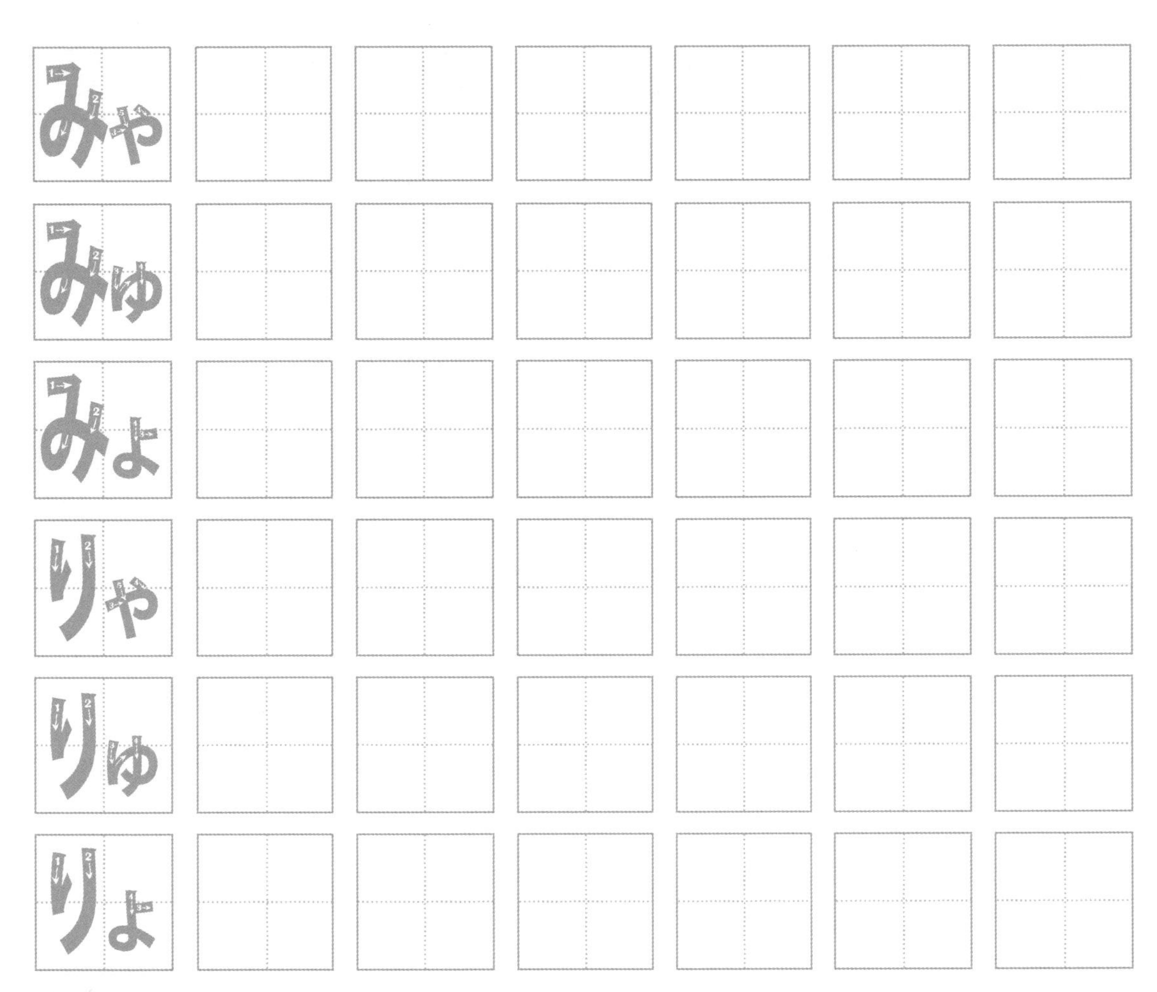

語彙

78. ちゃくせき [0]	着席	名	入席，就坐
79. ちゅうもん [0]	注文	名	訂購，點購
80. ちょきん [0]	貯金	名	儲蓄
81. こんにゃく [3] [4]	蒟蒻	名	蒟蒻
82. にゅうがく [0]	入学	名	入學
83. にょじつ [0]	如実	名	如實，照實
84. ひゃく [2]	百	名	一百
85. ひゅうがし [3]	日向市	名	日向市（位於日本宮崎縣北部）
86. ひょろひょろ [1] [0]		副 ナ形	搖搖晃晃地，細長（的）
87. みゃくはく [0]	脈搏	名	脈搏
88. みょうじ [1]	名字	名	姓名
89. りゃくじ [0]	略字	名	簡體字
90. りゅうねん [0]	留年	名	留級，重修
91. りょひ [0]	旅費	名	旅費

拗音（ぎゃ行・じゃ行）

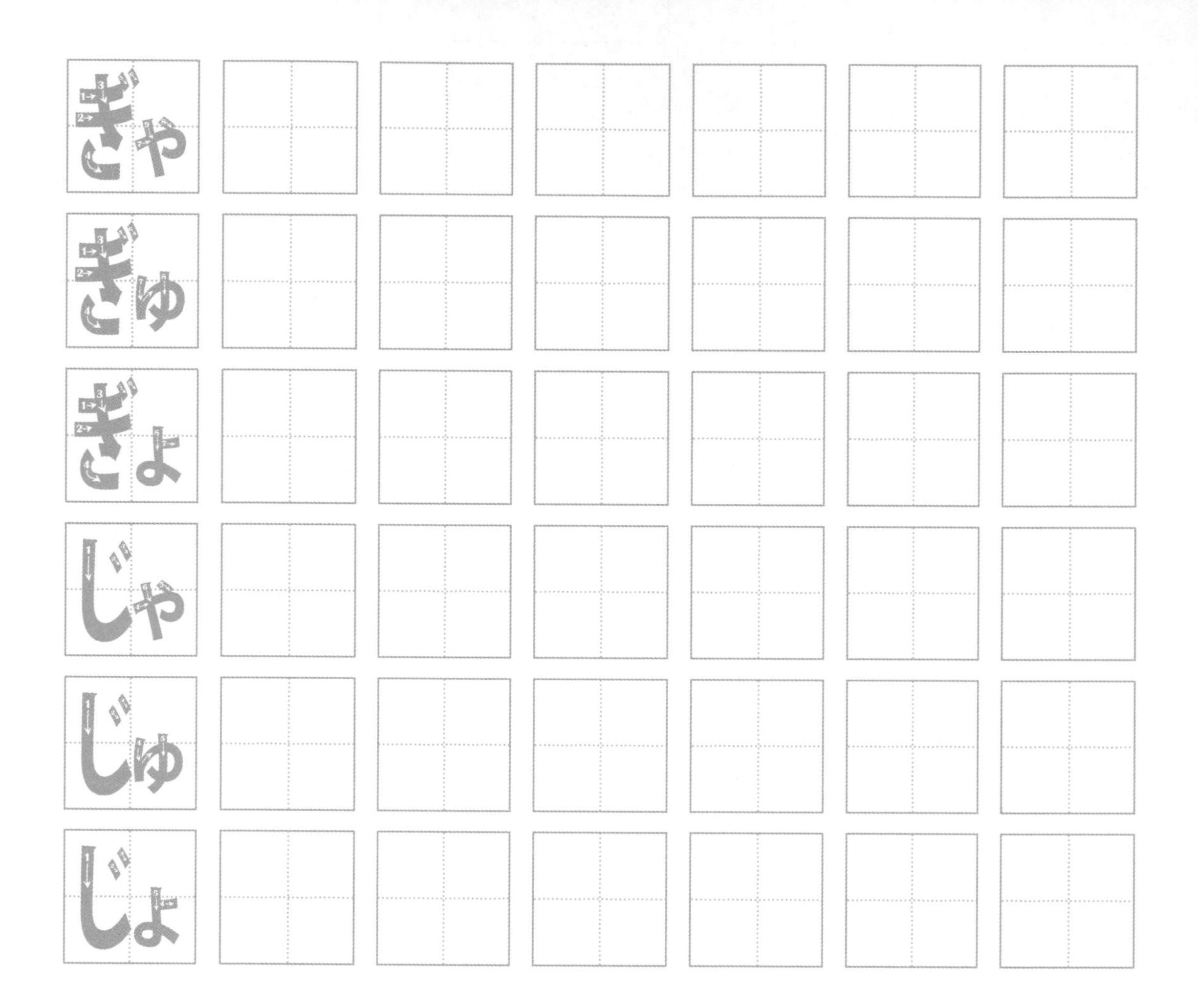

92. ぎゃくてん 0　逆転　名　逆轉
93. ぎゅうにく 0　牛肉　名　牛肉
94. ぎょかい 0　魚介　名　魚類和貝類
95. じゃま 0　邪魔　名　打攪
96. じゅく 1　塾　名　補習班
97. じょげん 0　助言　名　建議

拗音（びゃ行・ぴゃ行）

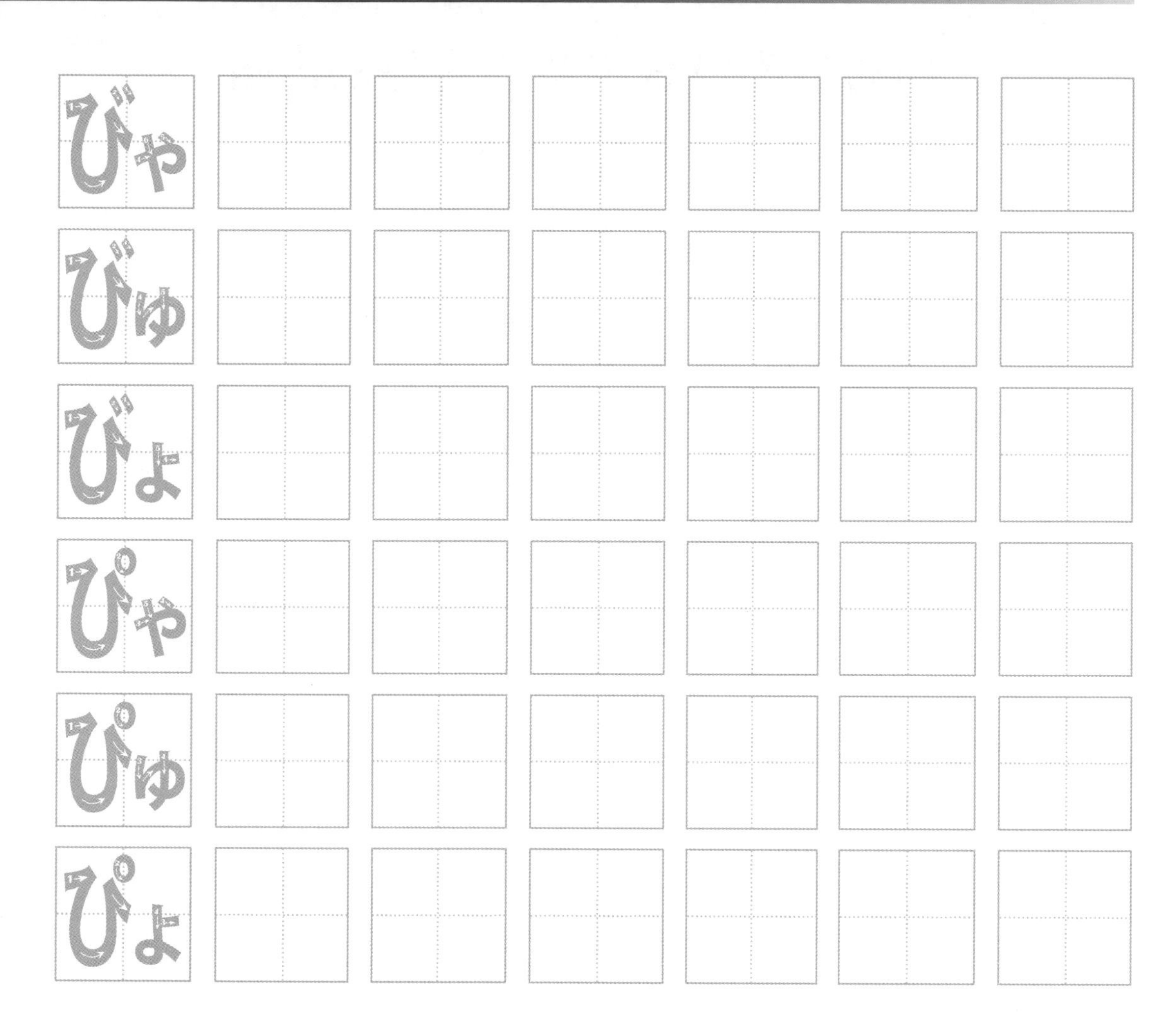

98. びゃくれん 1	白蓮	名	白荷
99. びゅうけん 0	謬見	名	錯誤的見解
100. びょうき 0	病気	名	疾病
101. ろっぴゃく 0	六百	名	六百
102. ぴゅうぴゅう 1		副	強風吹的聲音
103. ぴょんぴょん 1		副	跳躍狀

豆知識

おもしろい日本語（にほんご）　有趣的日語

「鯉（こい）よ来（こ）い、恋（こい）よ来（こ）い、濃（こ）い恋（こい）よ遣（や）って来（こ）い」

「鯉魚啊來呀，戀情啊來呀，濃厚的戀情啊過來呀」

這雖是一則描寫少女渴望愛情的短詩，卻也同時充分表現出日語「同音異義」的特色。如同英語一般，日語也屬於拼音文字，不過日語有許多時候，會是相同的拼音和唸法，卻有著不同的意思，即所謂的「同音異義」字。以本詩為例，詩中出現了四個「こい」的發音，但卻分別代表了截然不同的意思：「鯉（こい）」（鯉魚）、「来（こ）い」（來）、「濃（こ）い」（深切的）和「恋（こい）」（戀情）等四種意思，其詞性更是涵蓋了名詞、動詞以及形容詞。

除了上述例子之外，日語還有另一個好玩的地方，那就是重音的變化。有時因為重音改變，會衍生出不同的意思。例如：「あめ」重音在①（頭高型）時意思是「雨」，重音在⓪（平板型）時則為「糖果」；「はし」重音在①是「筷子」的意思，重音在②（尾高型）時則變成了「橋樑」。有時同音同義的字，也會因地區不同，重音也跟著不一樣，最常見的可說是「東京式（とうきょうしき）アクセント」（東京式重音）和「京阪式（けいはんしき）アクセント」（京阪式重音）。例如：「りんご」（蘋果）在東京重音是⓪，但關西重音卻變成了①；「何（なに）」東京的重音是①，但大阪、京都人的發音則在②（中高型）。

當同學了解日語的發音特色之後，只要能善加利用，就可以輕鬆背單字，達到事半功倍的效果喔！

だいにか
第二課

かたかな　そくおん
片仮名・促音・

ちょうおん
長音

重點提示

1. 假名是日語的表音文字。

2. 發音練習，一個假名為一拍，注意拍節（等拍）。

3. 書寫練習，注意直線與直角、筆順，書寫方向是由上而下、由左而右。

4. 「片假名」是「外來語」、「擬聲・擬態語」及「學術上的專有名詞」等語彙的表記法。

清音・鼻音表 MP3 ◎ 05

	ア段（a）	イ段（i）	ウ段（u）	エ段（e）	オ段（o）
	片假名	片假名	片假名	片假名	片假名
ア行	ア	イ	ウ	エ	オ
	a	i	u	e	o
カ行（k）	カ	キ	ク	ケ	コ
	ka	ki	ku	ke	ko
サ行（s）	サ	シ	ス	セ	ソ
	sa	shi	su	se	so
タ行（t）	タ	チ	ツ	テ	ト
	ta	chi	tsu	te	to
ナ行（n）	ナ	ニ	ヌ	ネ	ノ
	na	ni	nu	ne	no
ハ行（h）	ハ	ヒ	フ	ヘ	ホ
	ha	hi	fu	he	ho
マ行（m）	マ	ミ	ム	メ	モ
	ma	mi	mu	me	mo
ヤ行（y）	ヤ		ユ		ヨ
	ya		yu		yo
ラ行（r）	ラ	リ	ル	レ	ロ
	ra	ri	ru	re	ro
ワ行（w）	ワ				ヲ
	wa				o
鼻音	ン				
	n				

片假名字源表

阿ア	伊イ	宇ウ	江エ	於オ
加カ	幾キ	久ク	介ケ	己コ
散サ	之シ	須ス	世セ	曽ソ
多タ	千チ	川ツ	天テ	止ト
奈ナ	仁ニ	奴ヌ	祢ネ	乃ノ
八ハ	比ヒ	不フ	部ヘ	保ホ
末マ	三ミ	牟ム	女メ	毛モ
也ヤ		由ユ		與ヨ
良ラ	利リ	流ル	礼レ	呂ロ
和ワ				乎ヲ
尔ン				

學習要點

★ 片假名的發音方式和平假名相同。

★ 片假名是從中國漢字的楷書簡化而來。

★ 片假名主要是用來書寫外來語、外國人的姓名、地名等專有名詞以及「擬聲・擬態語」、「學術上的專有名詞」。

清音（ア行・カ行・サ行）

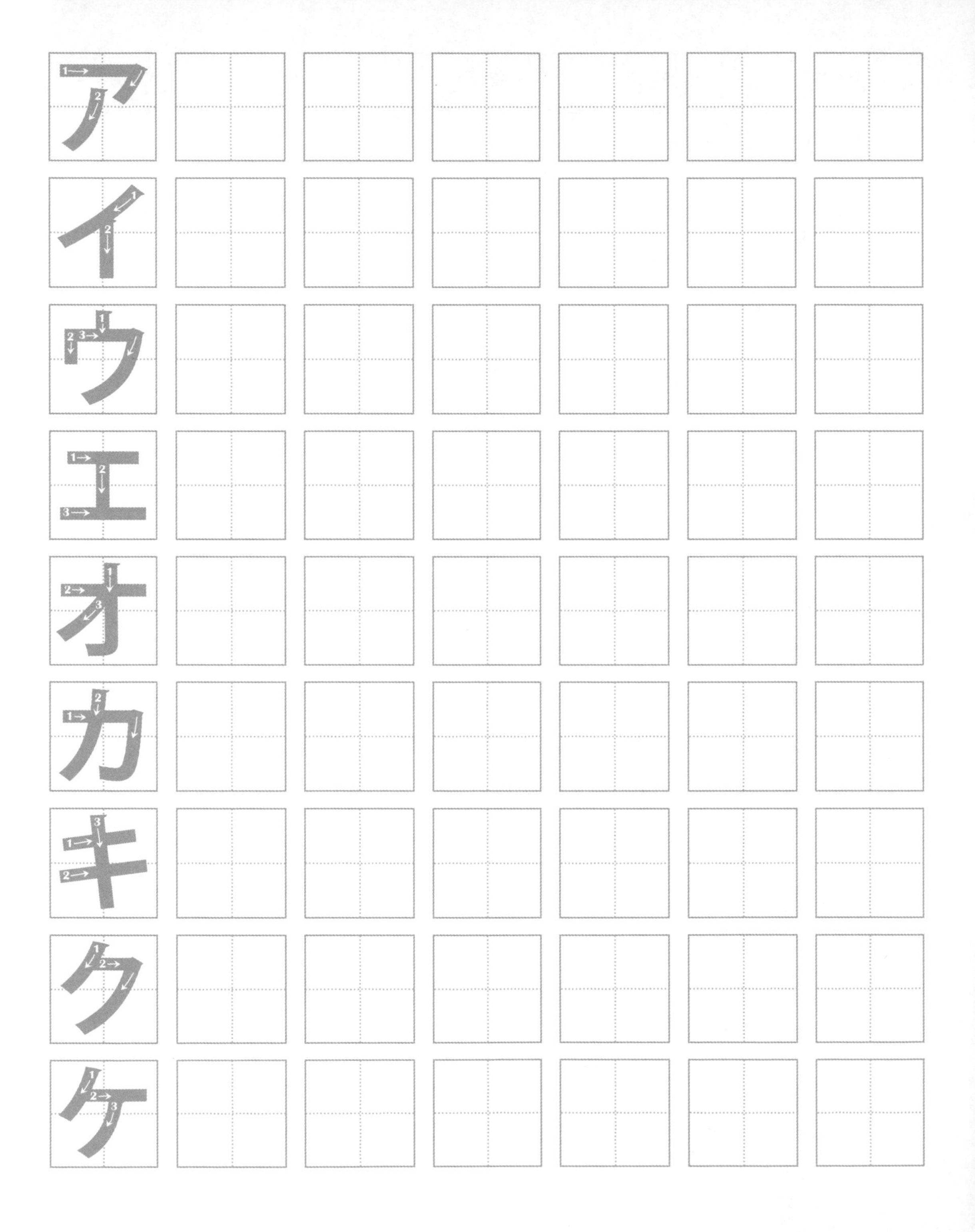

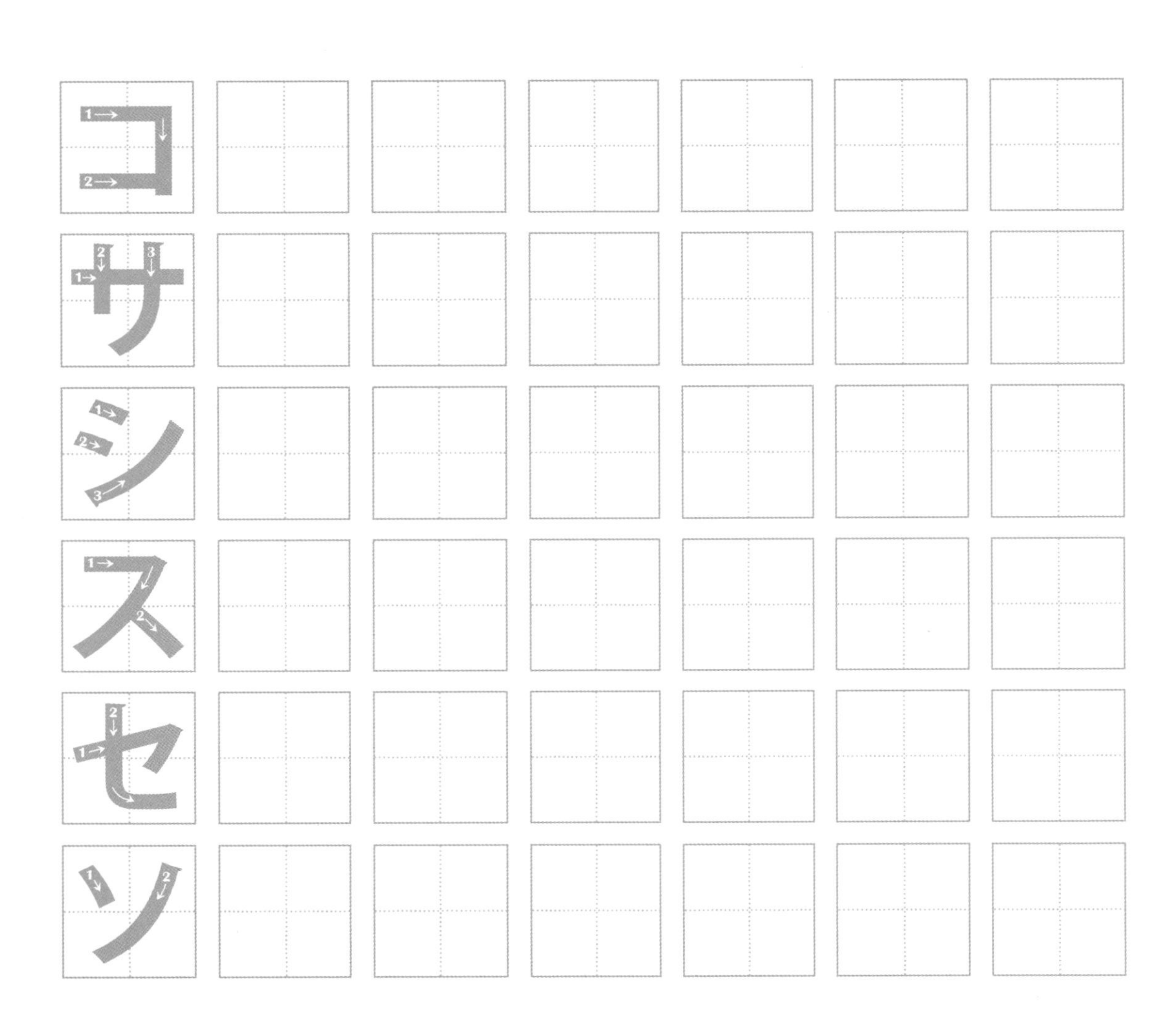

語彙

1. アイス [1]	ice	名	冰
2. アウト [1]	out	名	（棒球等）出局
3. イエス [1]	Jesus	名	耶穌
4. ウエスト [0]	waist	名	腰
5. エキス [1]	（荷）extract的省略	名	萃取物，精華
6. オアシス [1]	oasis	名	（沙漠中的）綠洲
7. キス [1]	kiss	名	接吻
8. ケア [1]	care	名	照料，保護
9. コスト [1]	cost	名	成本，費用

清音（タ行・ナ行・ハ行）

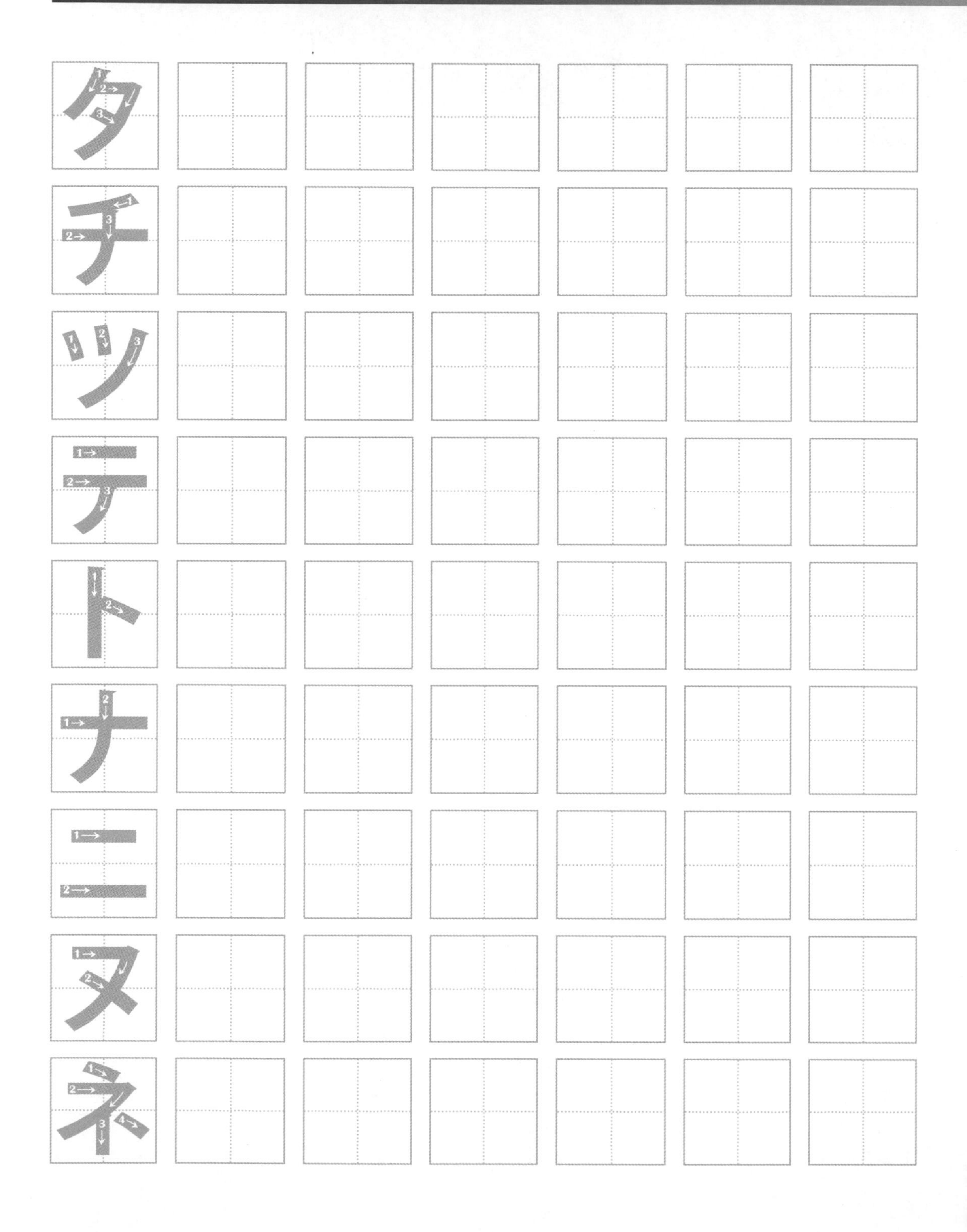

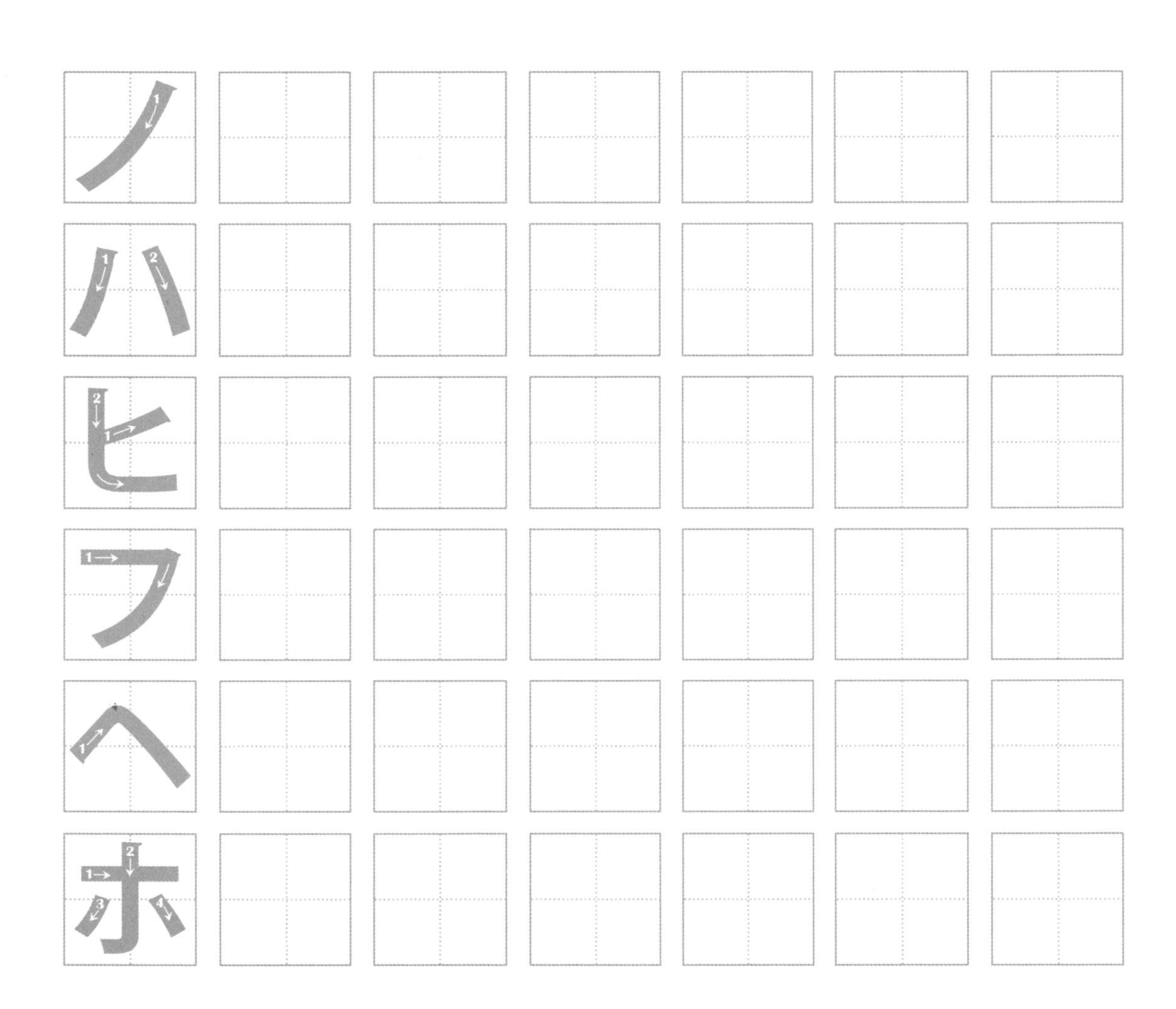

10. テスト 1	test	名	測驗，考試
11. ナイフ 1	knife	名	刀子
12. ネクタイ 1	necktie	名	領帶
13. ハイテク 0	high technology的省略	名	高科技
14. ホチキス 1	Hotchkiss（人名）	名	釘書機

清音（マ行・ヤ行・ラ行・ワ行）・鼻音

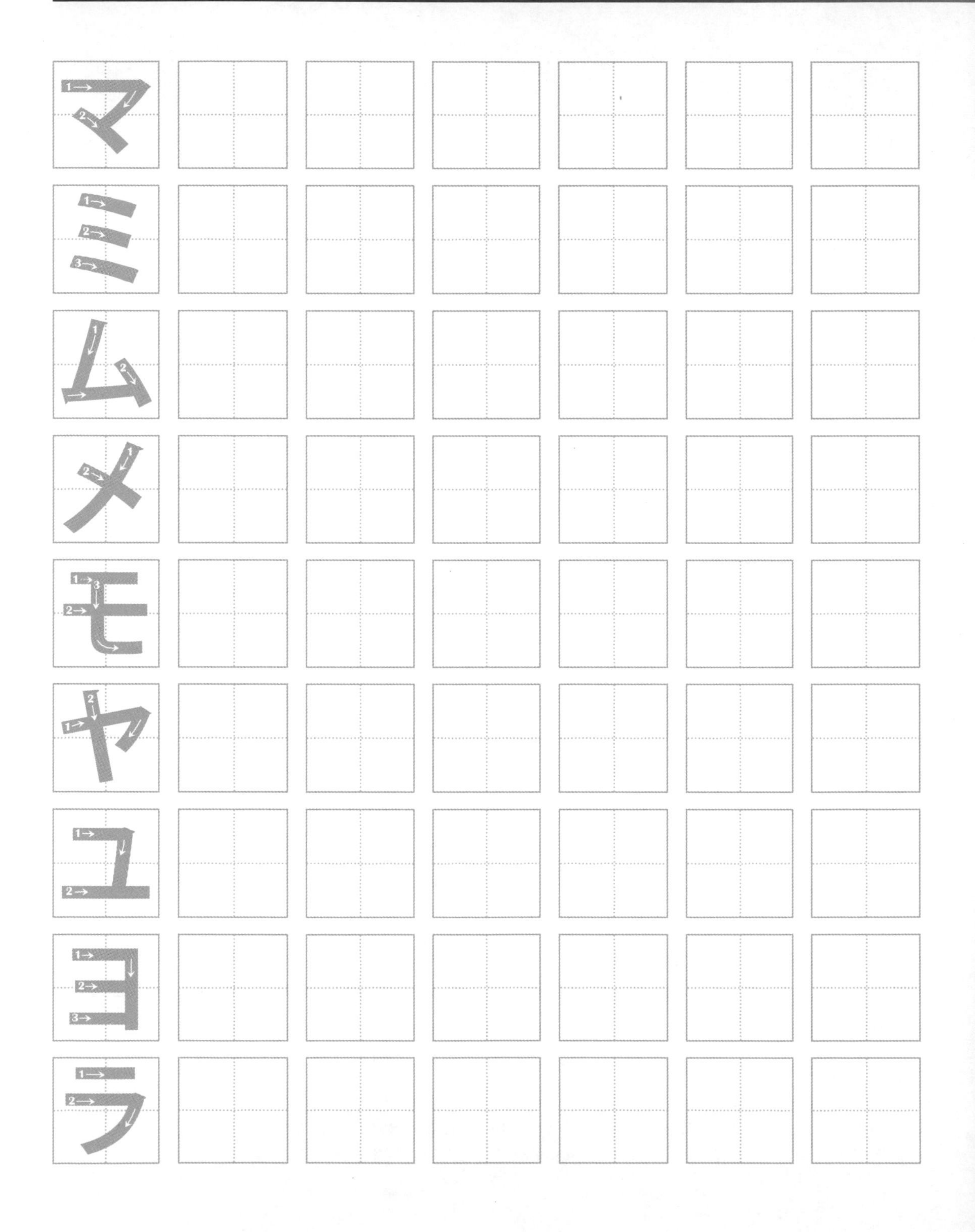

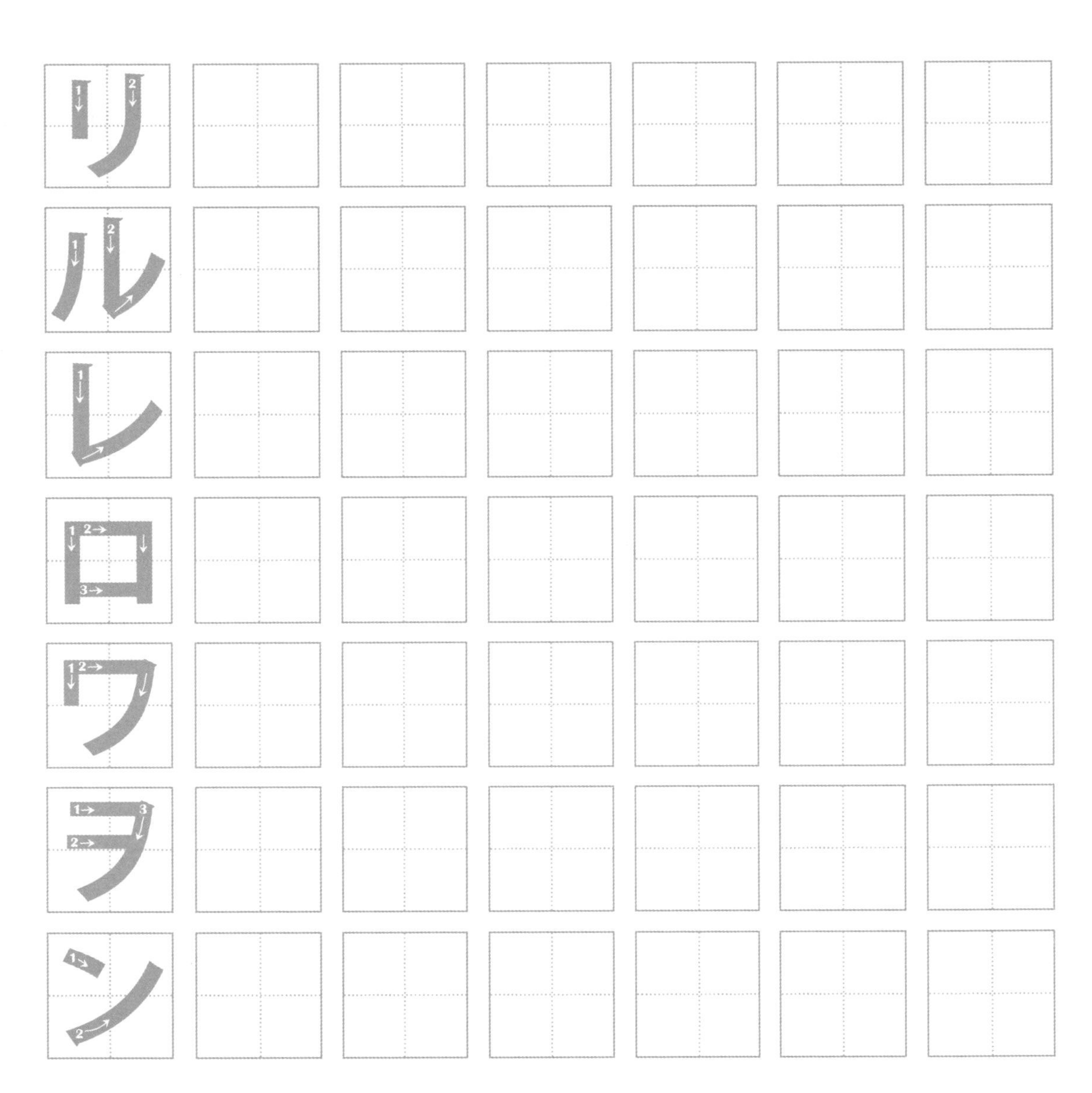

15. マイク 1	microphone的省略	名	麥克風
16. マスク 1	mask	名	面具，口罩
17. ミス 1	miss	名	失誤，失策
18. メイク 1	make up的省略	名	化妝
19. モナコ 1	Monaco	名	摩納哥
20. ライト 1	light	名	光線，燈
21. リスト 1	list	名	名單
22. レストラン 1	restaurant	名	餐廳
23. ロト 1	loto	名	抽籤，彩券
24. ワイン 1	wine	名	葡萄酒

濁音・半濁音表 MP3 ◎ 06

	ア段（a）	イ段（i）	ウ段（u）	エ段（e）	オ段（o）
	片假名	片假名	片假名	片假名	片假名
ガ行（g）	ガ	ギ	グ	ゲ	ゴ
	ga	gi	gu	ge	go
ザ行（z）	ザ	ジ	ズ	ゼ	ゾ
	za	ji	zu	ze	zo
ダ行（d）	ダ	ヂ	ヅ	デ	ド
	da	ji	zu	de	do
バ行（b）	バ	ビ	ブ	ベ	ボ
	ba	bi	bu	be	bo
パ行（p）	パ	ピ	プ	ペ	ポ
	pa	pi	pu	pe	po

學習要點

★ 書寫片假名的「濁音」與「半濁音」時，與平假名相同，在假名的右上方註記「゛」或「゜」。

濁音（ガ行）

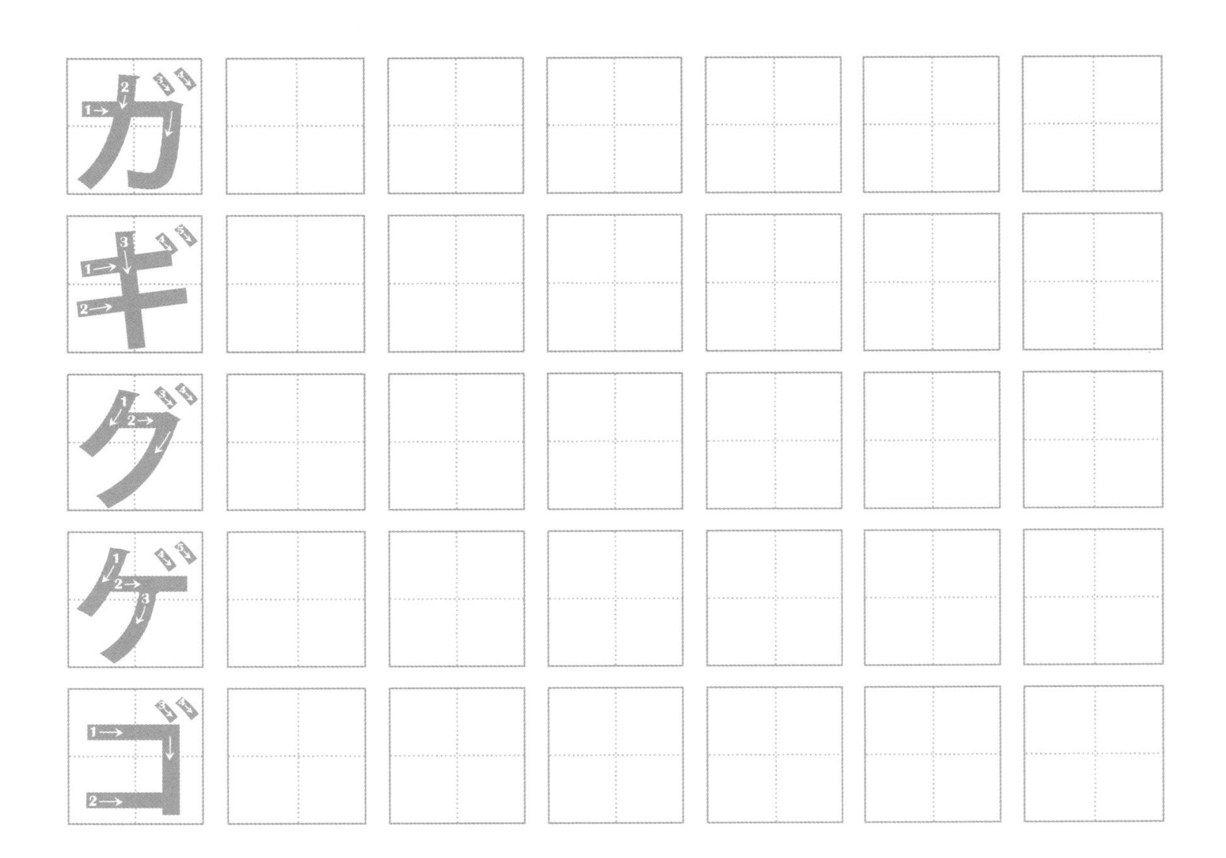

語彙

25. ガス ①　gas　名　瓦斯，氣體
26. ギフト ①　gift　名　禮物，贈品
27. ゴルフ ①　golf　名　高爾夫球

濁音（ザ行・ダ行・バ行）

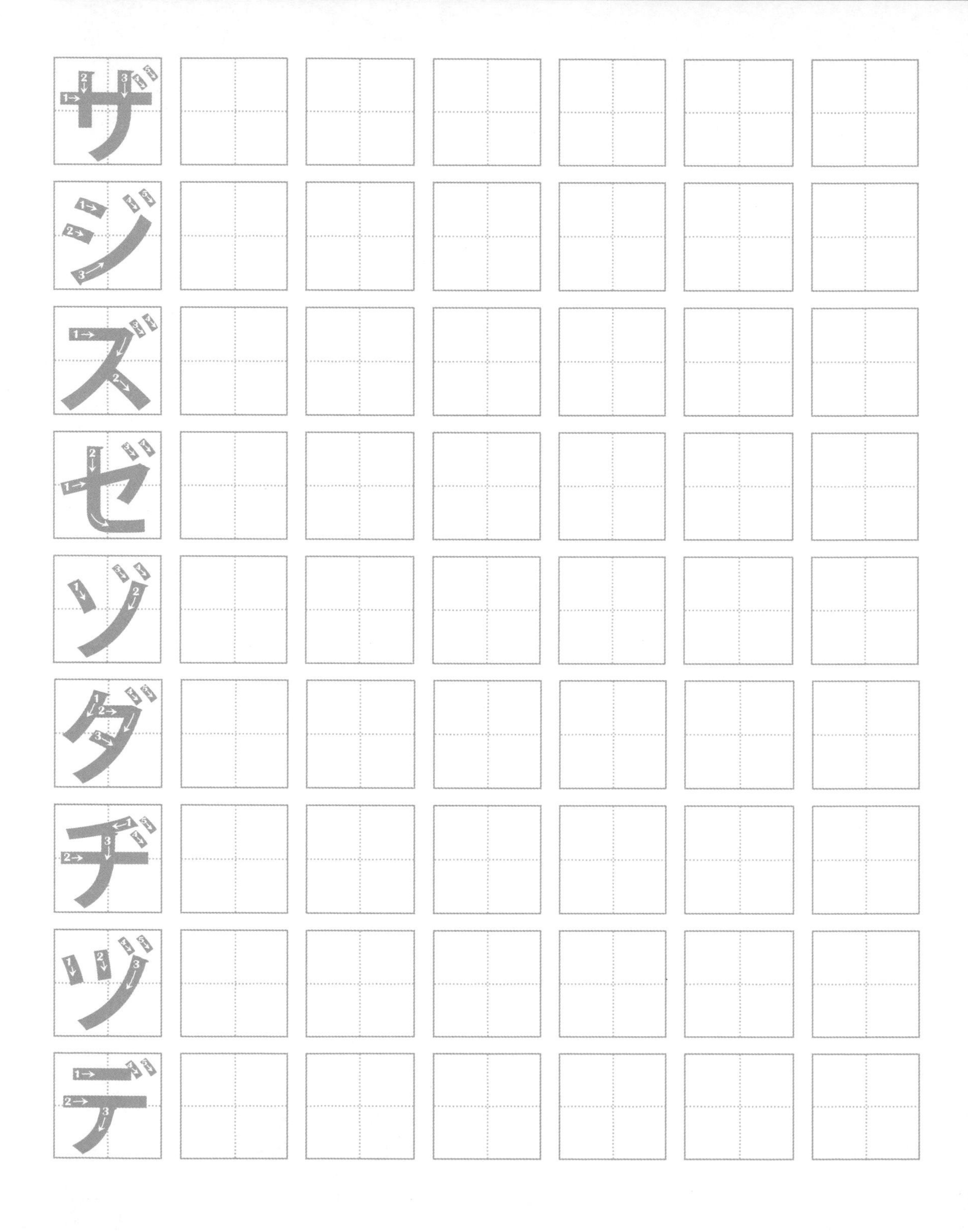

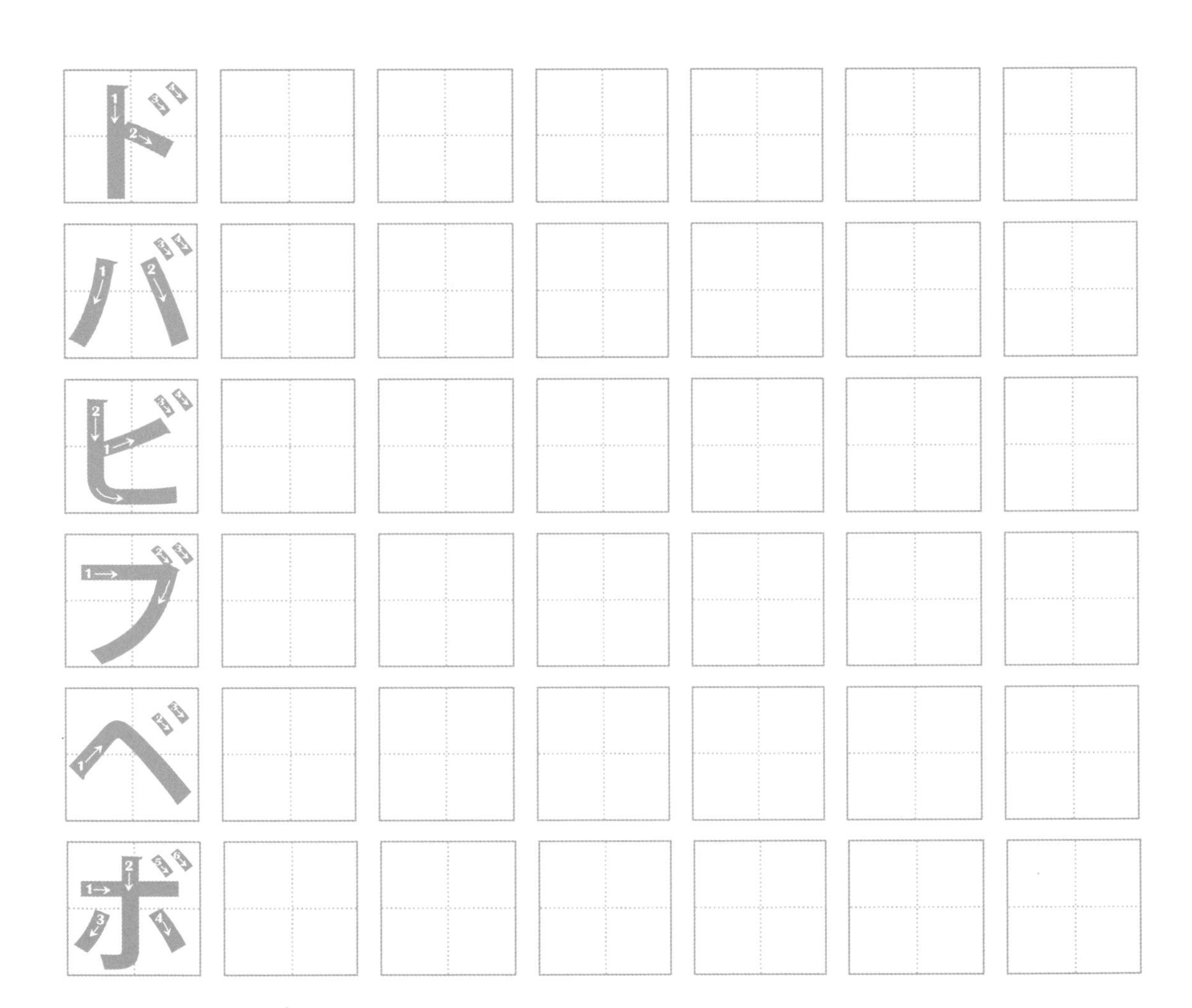

語彙

28. ズボン 2	jupon	名	褲子
29. ゼロ 1	zero	名	零
30. ダンス 1	dance	名	舞蹈，跳舞
31. デザイン 2	design	名	設計，圖案
32. バイオリン 0	violin	名	小提琴
33. ビザ 1	viza	名	簽證
34. ベルト 0	belt	名	皮帶，安全帶

半濁音（パ行）

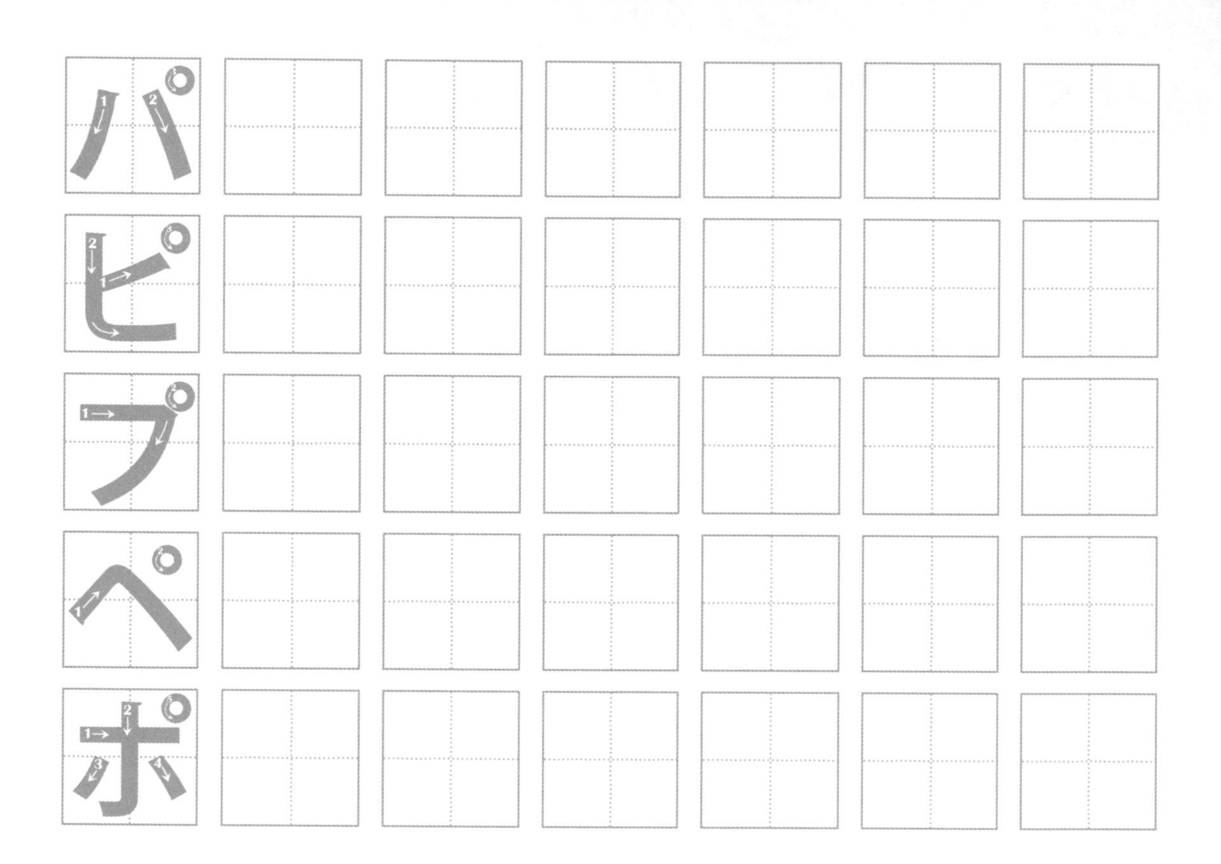

35. パン 1	（葡）pão	名	麵包
36. パソコン 0	personal computer的省略	名	個人電腦
37. ピアノ 0	piano	名	鋼琴
38. ペア 1	pair	名	一雙，一對
39. ポスト 1	post	名	郵筒，信箱

拗音表 MP3 07

片假名		片假名		片假名	
キャ	kya	キュ	kyu	キョ	kyo
シャ	sha	シュ	shu	ショ	sho
チャ	cha	チュ	chu	チョ	cho
ニャ	nya	ニュ	nyu	ニョ	nyo
ヒャ	hya	ヒュ	hyu	ヒョ	hyo
ミャ	mya	ミュ	myu	ミョ	myo
リャ	rya	リュ	ryu	リョ	ryo
ギャ	gya	ギュ	gyu	ギョ	gyo
ジャ	ja	ジュ	ju	ジョ	jo
ビャ	bya	ビュ	byu	ビョ	byo
ピャ	pya	ピュ	pyu	ピョ	pyo

學習要點

★ 寫片假名的拗音時，和寫平假名的拗音一樣，要把字體較小的「ャ、ュ、ョ」寫在「イ」段假名的右下方，如「キャ」。右下方的小字，不可以寫太大，也不可以離左邊的字太遠，不然會變成二個字。

★ 由於外來語的數量繁多，為了要正確地讀出外國的語音，因此衍生出外來語的特殊發音。利用字體較小的母音「ァ」、「ィ」、「ェ」、「ォ」等假名與其他假名組合。例如：「ウォータ」、「フォーク」……等。

拗音（キャ行・シャ行・チャ行・ニャ行・ヒャ行）

キャ

キュ

キョ

シャ

シュ

ショ

チャ

チュ

チョ

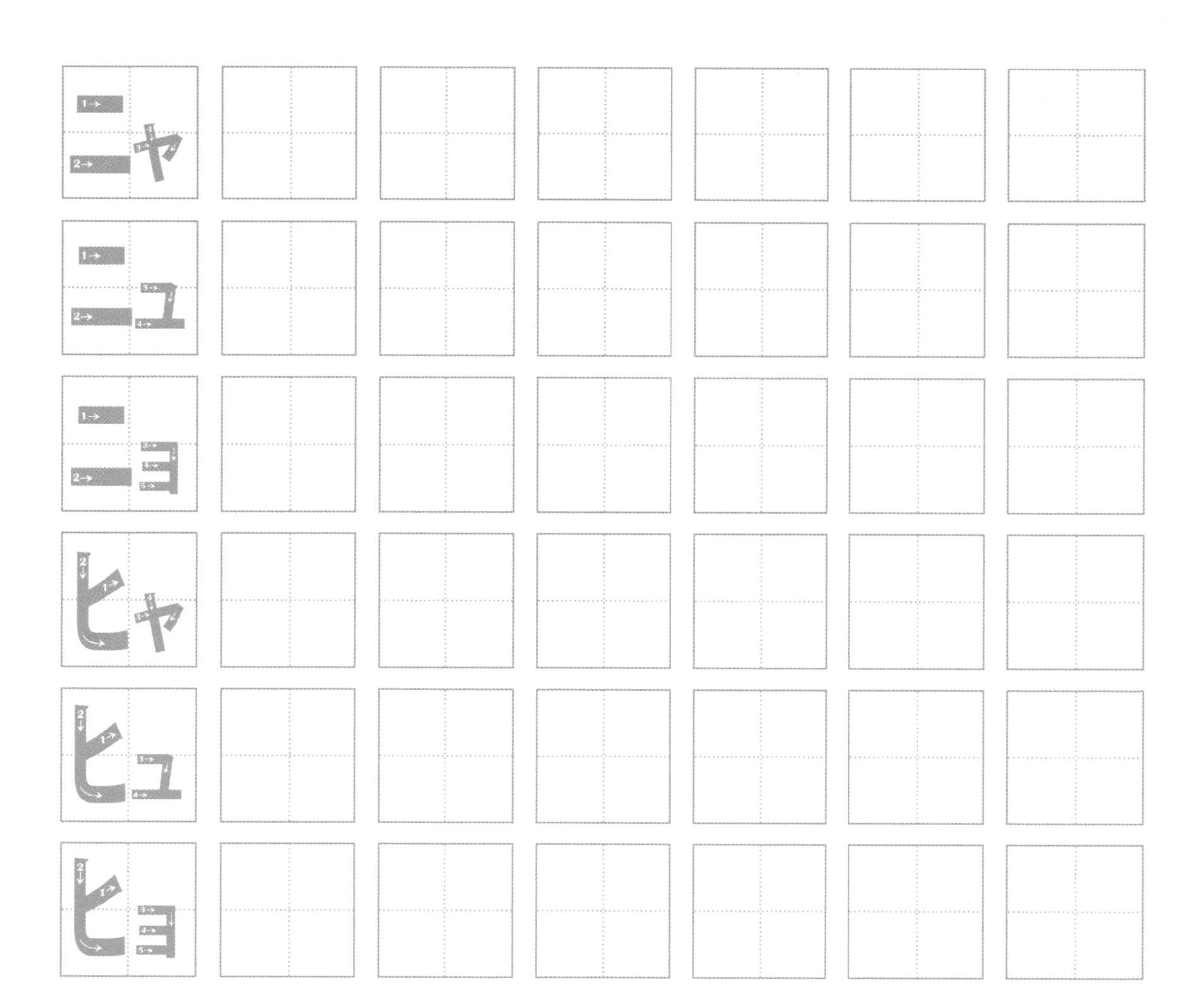

語彙

40. キャンパス [1]	campus	名	校園
41. キャリア [1]	career	名	經歷
42. キャベツ [1]	cabbage	名	高麗菜
43. シャイ [1]	shy	ナ形	害羞（的）
44. シャツ [1]	shirt	名	襯衫
45. チャンス [1]	chance	名	機會，可能性
46. チャンピオン [1]	champion	名	冠軍，優勝者
47. チャンネル [0]	channel	名	頻道
48. チョコ [1]	chocolate的省略	名	巧克力
49. ニュアンス [1]	（法）nuance	名	語感，語氣
50. ヒューマン [1]	human	ナ形	人類（的）
51. ヒューズ [1]	fuse	名	保險絲

拗音（ミャ行・リャ行・ギャ行・ジャ行・ビャ行・ピャ行）

ミャ

ミュ

ミョ

リャ

リュ

リョ

ギャ

ギュ

ギョ

52. ミャンマー 1	Myanmar	名	緬甸
53. ミュンヘン 1	München	名	慕尼黑
54. ミュージアム 1	museum	名	博物館
55. ギャラリー 1	gallery	名	畫廊，迴廊
56. ギョーザ 0	（中）餃子	名	餃子
57. ジャム 1	jam	名	果醬
58. ジュース 1	juice	名	果汁
59. ピュア 1	pure	ナ形	純潔（的），單純（的）

促音表 MP3 08

平假名	片假名
つ	ツ
t	

學習要點

★ 日文的促音只有一個，就是「っ /ッ」。寫法是把假名「つ / ツ」變成字體較小的「っ / ッ」。

★ 促音不會單獨存在，它的前面必須有假名，例如：「あっ」（啊！），或者是前後都有假名，例如：「きっぷ」（車票）。

★ 促音它也不像拗音一樣是寫在其他假名的右下方，它是單獨一個假名，例如從「きって」（郵票）就可以看出「っ」是寫在「き」和「て」的正中央。

★ 促音雖然在發音上也算一拍，但是它不需發出聲音，而是停頓一拍。

★ 要用羅馬拼音標示促音的時候，方法為重覆下一個假名的第一個拼音字母，像是「きって」就是「ki.t.te」。

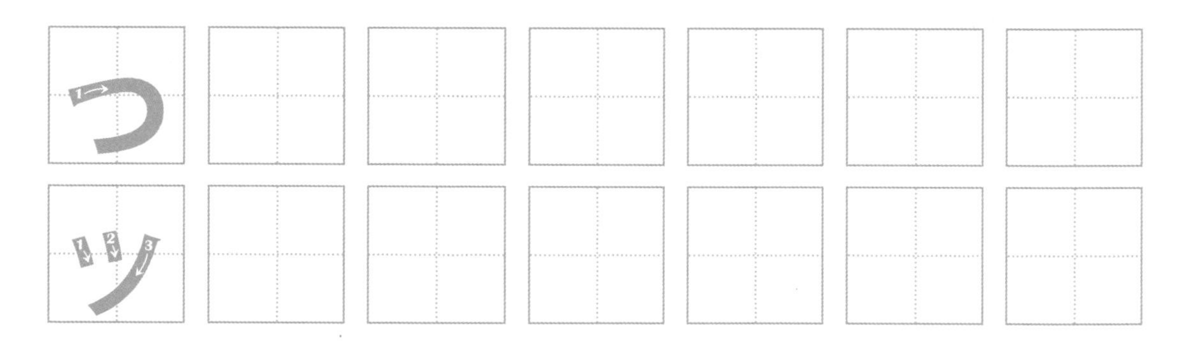

語彙

60. おっと 0	夫	名	丈夫
61. ざっし 0	雑誌	名	雜誌
62. きって 0	切手	名	郵票
63. ポケット 2	pocket	名	口袋，衣袋
64. ショック 1	shock	名	衝擊，打擊

長音表 MP3 09

	あ/ア段（a）		い/イ段（i）		う/ウ段（u）		え/エ段（e）		お/オ段（o）	
	平假	片假	平假	片假	平假	片假	平假	片假	平假	片假
あ/ア行	ああ	アー	いい	イー	うう	ウー	えい/ええ	エー	おう/おお	オー
	a.a		i.i		u.u		e.e		o.o	
か/カ行	かあ	カー	きい	キー	くう	クー	けい/けえ	ケー	こう/こお	コー
	ka.a		ki.i		ku.u		ke.e		ko.o	
さ/サ行	さあ	サー	しい	シー	すう	スー	せい/せえ	セー	そう/そお	ソー
	sa.a		shi.i		su.u		se.e		so.o	
た/タ行	たあ	ター	ちい	チー	つう	ツー	てい/てえ	テー	とう/とお	トー
	ta.a		chi.i		tsu.u		te.e		to.o	
な/ナ行	なあ	ナー	にい	ニー	ぬう	ヌー	ねい/ねえ	ネー	のう/のお	ノー
	na.a		ni.i		nu.u		ne.e		no.o	
は/ハ行	はあ	ハー	ひい	ヒー	ふう	フー	へい/へえ	ヘー	ほう/ほお	ホー
	ha.a		hi.i		fu.u		he.e		ho.o	
ま/マ行	まあ	マー	みい	ミー	むう	ムー	めい/めえ	メー	もう/もお	モー
	ma.a		mi.i		mu.u		me.e		mo.o	
や/ヤ行	やあ	ヤー			ゆう	ユー			よう/よお	ヨー
	ya.a				yu.u				yo.o	
ら/ラ行	らあ	ラー	りい	リー	るう	ルー	れい/れえ	レー	ろう/ろお	ロー
	ra.a		ri.i		ru.u		re.e		ro.o	
わ/ワ行	わあ	ワー								
	wa.a				＊本表僅列出清音，濁音、半濁音、拗音的長音規則皆同					

學習要點

★ 日文發音時，嘴型保持不變，將發音拉長一拍，就叫做長音。

★「を」及「ん」沒有長音。

★ 片假名中用「ー」表示長音。

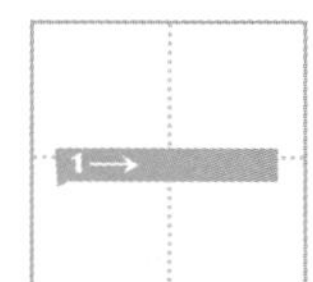

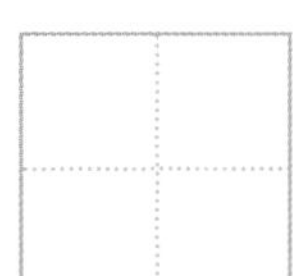
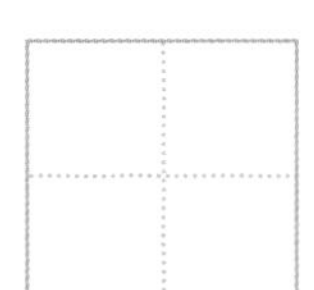

語彙

65. おかあさん ②	お母さん	名	母親
66. とけい ⓪	時計	名	錶，時鐘
67. ひこうき ②	飛行機	名	飛機
68. コーヒー ③	（荷）koffie	名	咖啡
69. ビール ①	（荷）bier	名	啤酒

豆知識

日本語(にほんご)の中(なか)の外来語(がいらいご)　日文的外來語

日文語彙的種類，一般可分為三種：①和語（大和民族原創的語彙）、②漢語（自古借自中國的語彙）、③外來語（近代借自非漢字圈國家的語彙）。

日本人將耳朵聽到的外來語彙，以**カタカナ**拼湊出其聲音，這就是借用詞，也就是外來語。從最早借自葡萄牙語的麵包「**パン**」（pão）、到荷蘭語系的咖啡「**コーヒー**」（koffie），以及大家較為熟悉的拉丁語系語彙，例如牛排「**ビーフ**」（beef）、電腦「**コンピューター**」（computer）、牛奶「**ミルク**」（milk）等等。從明治維新開始到二次大戰後，日本與國外大量的、頻繁的接觸的同時，外來語也正以快速的方式大量的被製造出來。

除了外來語之外，另有一組利用外來語所創造的新語彙，例如大眾傳播「**マスコミ**」（mass communication）、個人電腦「**パソコン**」（personal computer）等，以日本人的思考邏輯所組合創新的「和製外語」語彙。

「漢語」、「外來語」、「和製外語」，以及這些語彙所引入的新概念，不僅刺激日文體系的變化，也豐富了日本人的思想生活。

第三課（だいさんか）

わたしは　学生（がくせい）です。

重點提示

1. わたしは　学生（がくせい）です。
2. 張（ちょう）さんは　会社員（かいしゃいん）じゃ　ありません。
3. 先生（せんせい）は　どなたですか。
4. 美和（みわ）さんは　日本（にほん）の交換留学生（こうかんりゅうがくせい）です。

文型 I (MP3 ◎ 11)

わたしは　学生（がくせい）です。

わたしは　王（おう）です。

わたしは　台湾人（たいわんじん）です。

張（ちょう）さんは　先輩（せんぱい）です。

彼女（かのじょ）は　二年生（にねんせい）です。

美和（みわ）さんは　二十歳（はたち）です。

1. わたし [0]	私	名	我
2. は		格助	提示主語的助詞
3. がくせい [0]	学生	名	學生
4. たいわん [3]	台湾	名	台灣
5. ～じん	～人	接尾	～人
6. ～さん		接尾	～先生，～小姐
7. せんぱい [0]	先輩	名	前輩，學長
8. かのじょ [1]	彼女	名	她（女性）
9. ～ねんせい	～年生	接尾	～年級，～年級的學生
10. はたち [1]	二十歳	名	二十歲

文型Ⅰ　練習

例：わたしは　______です。　→　（先生）　⇒　わたしは　先生です。

例：わたし　＝　先生　⇒　わたしは　先生です。

1. わたしは　______です。　→　（李）

2. 彼女は　______です。　→　（蘇さん）

3. 美和さんは　______です。　→　（交換留学生）

4. 頼君は　______です。　→　（学生）

5. 彼女は　______です。　→　（十九歳）

6. わたし　＝　二十二歳　⇒　わたし______　二十二歳______。

7. 先輩　＝　四年生　⇒　先輩______　四年生______。

8. 蘇さん　＝　二年生　⇒　蘇さん______　二年生______。

9. 谷口先生　＝　日本人　⇒　谷口先生______　日本人______。

10. 陳先生　＝　台湾人　⇒　陳先生______　台湾人______。

語彙

11. こうかんりゅうがくせい 7	交換留学生	名	交換留學生
12. ～くん	～君	接尾	對未成年男性的稱呼
13. ～さい	～歳、～才	接尾	～歲
14. せんせい 3	先生	名	老師
15. にほん 2	日本	名	日本

文型 II MP3 ◎ 12

張(ちょう)さんは　会社員(かいしゃいん)じゃ　ありません。
（では　ありません）

谷口先生(たにぐちせんせい)は　アメリカ人(じん)じゃ　ありません。

美和(みわ)さんは　先生(せんせい)じゃ　ありません。

張(ちょう)さんは　新入生(しんにゅうせい)じゃ　ありません。

専攻(せんこう)は　日本語(にほんご)じゃ　ありません。

彼(かれ)は　十九歳(じゅうきゅうさい)じゃ　ありません。

16. かいしゃいん ③	会社員	名	上班族
17. アメリカ ⓪	America	名	美國
18. しんにゅうせい ③	新入生	名	新生
19. せんこう ⓪	専攻	名	主修
20. ～ご	～語	接尾	～話（語言）
21. かれ ①	彼	名	他（男性）

文型II　練習

例：わたしは　______じゃ　ありません。　→　（先生(せんせい)）

　⇒　わたしは　先生(せんせい)じゃ　ありません。

例：わたし　≠　先生(せんせい)

　⇒　わたしは　先生(せんせい)じゃ　ありません。

1. わたしは　______じゃ　ありません。　→　（日本人(にほんじん)）

2. 彼女(かのじょ)は　______じゃ　ありません。　→　（会社員(かいしゃいん)）

3. 頼君(らいくん)は　______じゃ　ありません。　→　（二年生(にねんせい)）

4. 先輩(せんぱい)は　______じゃ　ありません。　→　（二十歳(はたち)）

5. 専攻(せんこう)は　______じゃ　ありません。　→　（コンピューター）

6. わたし　≠　日本人(にほんじん)　⇒　わたし______　日本人(にほんじん)__________。

7. 彼女(かのじょ)　≠　会社員(かいしゃいん)　⇒　彼女(かのじょ)______　会社員(かいしゃいん)__________。

8. 頼君(らいくん)　≠　二年生(にねんせい)　⇒　頼君(らいくん)______　二年生(にねんせい)__________。

9. 先輩(せんぱい)　≠　二十歳(はたち)　⇒　先輩(せんぱい)______　二十歳(はたち)__________。

10. 専攻(せんこう)　≠　コンピューター　⇒　専攻(せんこう)______　コンピューター__________。

22. コンピューター ③　computer　名　電腦

文型III MP3 ◎ 13

先生（せんせい）は　どなたですか。

あなたは　誰（だれ）ですか。

林（りん）さんは　おいくつですか。

専攻（せんこう）は　何（なん）ですか。

あなたは　張（ちょう）さんですか。

林（りん）さんは　二十一歳（にじゅういっさい）ですか。

専攻（せんこう）は　コンピューターですか。

> か：嗎？
> （疑問助詞）

語彙

23. どなた 1		疑代	哪位
24. あなた 2		代	你
25. だれ 1	誰	疑代	誰
26. おいくつ 0	御幾つ	疑代	幾歲
27. なん 1	何	疑代	什麼

文型III　練習

（請以問答的形式進行口語練習。）

1. あなたは　どなたですか。

　→　わたしは　林(りん)です。

2. あなたは　林(りん)さんですか。

　→　はい、わたしは　林(りん)です。

　→　いいえ、わたしは　林(りん)じゃ　ありません。

3. あなたは　学生(がくせい)ですか。

　→　はい、そうです。

　→　いいえ、そうじゃ　ありません。

4. 彼女(かのじょ)は　三年生(さんねんせい)ですか。

　→　いいえ、彼女(かのじょ)は　三年生(さんねんせい)じゃ　ありません。二年生(にねんせい)です。

5. 林君(りんくん)は　何歳(なんさい)ですか。

　→　わたしは　二十一歳(にじゅういっさい)です。

28. はい 1		感嘆	是，是的
29. いいえ 0		感嘆	不，不是
30. そう 1		感嘆	如此，那樣
31. なんさい 1	何歳	疑代	幾歲

文型IV MP3 ◎ 14

美和（みわ）さんは　日本（にほん）の交換留学生（こうかんりゅうがくせい）です。

頼君（らいくん）は　わたしのクラスメートです。

わたしは　機械学科（きかいがっか）の一年生（いちねんせい）です。

わたしたちは　元気大学（げんきだいがく）の学生（がくせい）です。

張（ちょう）さんは　サークルの先輩（せんぱい）です。

蘇（そ）さんは　先輩（せんぱい）のボーイフレンドです。

の：的

語彙

32. クラスメート 4	classmate	名	同學
33. きかい 2	機械	名	機械
34. がっか 1	学科	名	科系
35. わたしたち 2	私達	名	我們
36. だいがく 0	大学	名	大學
37. サークル 0	circle	名	社團
38. ボーイフレンド 5	boyfriend	名	男朋友

文型IV　練習

（請以問答的形式進行口語練習。）

1. 谷口先生（たにぐちせんせい）は　英語（えいご）の教師（きょうし）ですか。

　→　いいえ、英語（えいご）の教師（きょうし）じゃ　ありません。日本語（にほんご）の教師（きょうし）です。

2. 頼君（らいくん）は　サークルの後輩（こうはい）ですか。

後輩（こうはい）：學弟、學妹

　→　いいえ、頼君（らいくん）は　わたしのクラスメートです。

3. 美和（みわ）さんは　留学生（りゅうがくせい）ですか。

　→　はい、そうです。わたしは　交換留学生（こうかんりゅうがくせい）です。

　中国語学科（ちゅうごくごがっか）の二年生（にねんせい）です。

（請將（　　）的語彙置入____內，進行口語練習。）

4. わたしは　______の______です。どうぞ、よろしく。（新入生（しんにゅうせい）、頼（らい））

5. 彼女（かのじょ）は　______の______です。（会計学科（かいけいがっか）、四年生（よねんせい））

どうぞ、よろしく：請多多指教

6. あなたは　______の______ですか。（情報伝達学科（じょうほうでんたつがっか）、学生（がくせい））

39. えいご [0]	英語	名	英語
40. きょうし [1]	教師	名	教師
41. ちゅうごく [1]	中国	名	中國
42. かいけい [0]	会計	名	會計
43. じょうほうでんたつ [5]	情報伝達	名	資訊傳播

會話本文 MP3◎15

はじめまして。

王（おう）：はじめまして、王（おう）です。

張（ちょう）：はじめまして。王（おう）さんは　新入生（しんにゅうせい）ですか。

王（おう）：はい、わたしは　機械学科（きかいがっか）の一年生（いちねんせい）です。

張（ちょう）：そうですか。ああ、王（おう）さん、彼女（かのじょ）は　美和（みわ）さんです。

美和（みわ）：わたしは　交換留学生（こうかんりゅうがくせい）の高野美和（たかのみわ）です。

専攻（せんこう）は　中国語（ちゅうごくご）です。二年生（にねんせい）です。

今年（ことし）　二十歳（はたち）です。

どうぞ、よろしく　お願（ねが）いします。

王（おう）：こちらこそ、どうぞ　よろしく。

44. ことし [0]	今年	名	今年
45. はじめまして [4]	初めまして		初次見面
46. おねがいします [6]	お願いします		麻煩，拜託
47. こちらこそ [4]			彼此，互相

會話代換練習

（請將① ②的語彙，套入____內，進行口語練習。）

〈I〉

A：はじめまして、わたしは　李(り)です。どうぞ　よろしく　お願(ねが)いします。

B：陳(ちん)です。こちらこそ、よろしく。

A：陳(ちん)さんは　おいくつですか。

B：二十一歳(にじゅういっさい)です。李(り)さんは　何歳(なんさい)ですか。

A：十九歳(じゅうきゅうさい)です。

① 高(こう)、三十五歳(さんじゅうごさい)、高(こう)、二十三歳(にじゅうさんさい)

② 孫(そん)、四十七歳(よんじゅうななさい)、孫(そん)、二十八歳(にじゅうはっさい)

〈II〉

おはよう：早！
おはよう　ございます：早安！

A：おはよう。

B：おはよう　ございます。

A：あなたは　台湾人(たいわんじん)ですか。

B：いいえ、わたしは　台湾人(たいわんじん)じゃ　ありません。

日本人(にほんじん)です。中国語学科(ちゅうごくごがっか)の学生(がくせい)です。

A：そうですか。

① 韓国人(かんこくじん)、情報伝達学科(じょうほうでんたつがっか)

② アメリカ人(じん)、管理学院(かんりがくいん)

48. かんこく 1　　韓国　　名　　韓國

學習總複習 MP3 ◎ 16

1. 聽寫練習

（請依照MP3播放的內容，寫出正確的答案。）

① ____________________

② ____________________

③ ____________________

④ ____________________

⑤ ____________________

2. 疑問代名詞練習

（請在（　）內，填入正確的答案。）

① あなたは（　　　）ですか。　→　わたしは　王(おう)です。

　あなたは（　　　）ですか。　→　はい、わたしは　王(おう)です。

② 美和(みわ)さんは（　　　）ですか。　→　二十歳(はたち)です。

　美和(みわ)さんは（　　　）ですか。　→　はい、わたしは　二十歳(はたち)です。

③ 専攻(せんこう)は（　　　）ですか。　→　専攻(せんこう)は　機械(きかい)です。

　専攻(せんこう)は（　　　）ですか。　→　いいえ、日本語(にほんご)じゃ　ありません。機械(きかい)です。

3. 助詞練習

（請在（　）內，填入正確的答案。）

① わたし（　　　）　学生です。

② 元気大学（　　　）一年生です。

③ あなたは　会社員です（　　　）。

④ 李さんは　何歳です（　　　）。

⑤ わたし（　　　）　財務金融学科（　　　）二年生です。

4. 閱讀練習

（請依照短文內容回答以下問題，正確請於（　）填入○，錯誤請於（　）填入×。）

谷口先生は　元気大学の日本語の教師です。日本人です。
三十八歳です。専攻は　日本語です。
わたしの日本語サークルの先生です。

問題Ⅰ：

①（　　　）わたしは　日本語の先生です。

②（　　　）谷口先生は　日本人です。

③（　　　）わたしは　三十八歳です。

わたしは　高野美和（たかのみわ）です。日本人（にほんじん）です。平成大学（へいせいだいがく）の交換留学生（こうかんりゅうがくせい）です。中国語学科（ちゅうごくごがっか）の二年生（にねんせい）です。専攻（せんこう）は　中国語（ちゅうごくご）です。二十歳（はたち）です。

どうぞ　よろしく　お願（ねが）いします。

問題 II：

①（　　　）わたしは　日本語（にほんご）の先生（せんせい）です。

②（　　　）美和（みわ）さんは　二十歳（はたち）です。

③（　　　）美和（みわ）さんの専攻（せんこう）は　日本語（にほんご）です。

5. 翻譯練習

（請從㋐～㋔的選項中，選出正確的中譯文，填入①～⑤各題（　）中。）

① 彼（かれ）は　日本人（にほんじん）の先生（せんせい）です。（　　　）

② 彼（かれ）は　日本語（にほんご）の先生（せんせい）です。（　　　）

③ わたしは　機械学科（きかいがっか）の学生（がくせい）です。（　　　）

④ 専攻（せんこう）は　日本語（にほんご）ですか。（　　　）

⑤ あなたは　どなたですか。（　　　）

㋐ 我是機械系的學生。

㋑ 請問你是哪一位？

㋒ 他是日籍老師。

㋓ 主修日文嗎？

㋔ 他是日文老師。

6. 短文練習

（請在____內，填入適當的答案。）

はじめまして、わたしは　①________です。

②________大学（だいがく）の学生（がくせい）です。

③________学科（がっか）の④________年生（ねんせい）です。専攻（せんこう）は　⑤________です。

⑥________歳（さい）です。どうぞ、よろしく　お願（ねが）いします。

豆知識

お名前（なまえ）は？　尊姓大名？

不論古今中外，名字都是相當重要的，在日本小孩出生後第七天，就要聚集親朋好友舉行「**名付け**（なづけ）」或「**命名**（めいめい）」的儀式，將決定好的名字寫在「**奉書紙**（ほうしょがみ）」或「**半紙**（はんし）」上，放在神桌前。

日本人取名字，會隨時代變遷，人氣用字也跟著不同。根據統計，五、六〇年代的日本男生，用最多的是「**誠**（まこと）」；七〇年代男生，最有人氣的名字是「**大輔**（だいすけ）」；而八〇年代男生，有很多人喜歡用「**翔太**（しょうた）」、「**拓也**（たくや）」和「**健太**（けんた）」等名字，至於九〇年代男生則是「**大輝**（だいき）」、「**勇人**（ゆうと）」之類的名字佔多數。

而女生方面，大家印象中的「〇〇子」，大約是六〇年代中期之前取的，之後漸漸由「**愛**（あい）」、「**美咲**（みさき）」、「**さくら**」或是「**陽菜**（ような）」等取代。

另外，最近還有一種新趨勢，就是把外國人的名字，以諧音的漢字代替。例如：「**奈緒美**」（ナオミ）、「**恵理**」（エリ）。有些甚至捨漢字，直接用片假名標示，像「**レオ**」、「**サラ**」、「**リサ**」、「**マリ**」，在日本都已經相當普遍了！

雖然每個時代的父母所選用的字大為不同，但不難發現，每個名字的背後其實都暗藏了父母對孩子的諸多期許，像是愛、美麗、健康和勇敢等。

お名前（なまえ）は？你的名字又蘊藏著怎樣的期許呢？

第四課（だいよんか）

今（いま）　何時（なんじ）ですか。

重點提示

1. 今（いま）　何時（なんじ）ですか。

2. パーティーは　六時（ろくじ）から　九時（くじ）までです。

3. おとといは　休（やす）みでした。

4. 昨日（きのう）は　雨（あめ）じゃ　ありませんでした。

名詞的時態整理：

	現在、未來（非過去）式	過去式
肯定	～です	～でした
否定	～じゃ　ありません ～では　ありません	～じゃ　ありませんでした ～では　ありませんでした

文型 I MP3◎18

今(いま)　<u>何時(なんじ)</u>ですか。

今日(きょう)は　何曜日(なんようび)ですか。

勉強(べんきょう)は　何時(なんじ)からですか。

学校(がっこう)の図書館(としょかん)は　何時(なんじ)までですか。

日本語(にほんご)の勉強(べんきょう)は　金曜日(きんようび)ですか。

学校(がっこう)は　八時十分(はちじじゅっぷん)からですか。

学校(がっこう)の図書館(としょかん)は　夜(よる)　十一時(じゅういちじ)までですか。

1. いま 1	今	名	現在
2. なんじ 1	何時	疑代	幾點
3. きょう 1	今日	名	今天
4. なんようび 3	何曜日	疑代	星期幾
5. べんきょう 0	勉強	名	學習，用功
6. ～から		格助	從～開始
7. ～まで		副助	到～為止
8. がっこう 0	学校	名	學校
9. としょかん 2	図書館	名	圖書館
10. きんようび 3	金曜日	名	星期五
11. ～じ	～時	接尾	～點
12. ～ふん	～分	接尾	～分
13. よる 1	夜	名	夜晚，晚上

文型 I　練習

（請以問答的形式，進行口語練習及代換練習。）

1. 今（いま）　何時（なんじ）ですか。

　→　九時半（くじはん）です。

2. A：すみません、今（いま）　何時（なんじ）ですか。

　B：今（いま）　七時（しちじ）です。

　A：そうですか。どうも　ありがとう。

　B：いいえ、どういたしまして。

　① 八時八分（はちじはっぷん）

　② 六時半（ろくじはん）

どうも　ありがとう：謝謝
どういたしまして：不客氣

3. 日本語（にほんご）の勉強（べんきょう）は　何曜日（なんようび）ですか。

　→　日本語（にほんご）の勉強（べんきょう）は　月曜日（げつようび）です。

4. A：専攻（せんこう）は　何（なん）ですか。

　B：会計（かいけい）です。

　A：会計（かいけい）の勉強（べんきょう）は　何曜日（なんようび）ですか。

　B：火曜日（かようび）です。

　① 機械（きかい）、機械（きかい）、木曜日（もくようび）

　② 英語（えいご）、英語（えいご）、火曜日（かようび）

火曜日（かようび）：星期二
木曜日（もくようび）：星期四

文型 II MP3 19

パーティーは　六時(ろくじ)から　九時(くじ)までです。

勉強(べんきょう)は　十時十分(じゅうじじゅっぷん)から　三時(さんじ)までです。

デパートは　午前(ごぜん)　十時半(じゅうじはん)から　午後(ごご)　九時半(くじはん)までです。

図書館(としょかん)は　何時(なんじ)から　何時(なんじ)までですか。

学校(がっこう)は　月曜日(げつようび)から　金曜日(きんようび)までです。

休(やす)みは　昨日(きのう)から　明日(あした)までです。

テストは　何曜日(なんようび)から　何曜日(なんようび)までですか。

語彙

14. パーティー 1	party	名	晚會，派對
15. デパート 2	department store的省略	名	百貨公司
16. ごぜん 1	午前	名	上午
17. ごご 1	午後	名	下午
18. はん 1	半	名	半
19. げつようび 3	月曜日	名	星期一
20. やすみ 3	休み	名	休息，放假，假日
21. きのう 2	昨日	名	昨天
22. あした 3	明日	名	明天
23. テスト 1	test	名	考試，測驗

文型 II　練習

（請以問答的形式進行口語練習及代換練習。）

1. 今日(きょう)の勉強(べんきょう)は　何時(なんじ)からですか。

　→　今日(きょう)の勉強(べんきょう)は　朝(あさ)　十時(じゅうじ)からです。

2. A：<u>日本語(にほんご)</u>の勉強(べんきょう)は　何時(なんじ)から　何時(なんじ)までですか。

　B：火曜日(かようび)の午後(ごご)　<u>一時十分(いちじじゅっぷん)</u>から　<u>三時(さんじ)</u>までです。

　A：そうですか。

　① コンピューター、二時(にじ)、五時(ごじ)

　② 英語(えいご)、四時(よじ)、六時半(ろくじはん)

3. 学校(がっこう)の食堂(しょくどう)は　朝(あさ)から　晩(ばん)までですか。

　→　はい、朝(あさ)　十時(じゅうじ)から　夜(よる)　八時(はちじ)までです。

> 食堂(しょくどう)：餐廳

4. A：学校(がっこう)の<u>食堂(しょくどう)</u>は　月曜日(げつようび)から　日曜日(にちようび)までですか。

　B：いいえ、<u>土曜日(どようび)</u>までです。<u>日曜日(にちようび)</u>は　休(やす)みです。

　① 勉強(べんきょう)、金曜日(きんようび)、土曜日(どようび)と日曜日(にちようび)

　② 郵便局(ゆうびんきょく)、金曜日(きんようび)、土曜日(どようび)と日曜日(にちようび)

24. あさ 1	朝	名	早上
25. と		格助	和（名詞的並列表現）
26. ゆうびんきょく 3	郵便局	名	郵局
27. どようび 2	土曜日	名	星期六
28. にちようび 3	日曜日	名	星期日

おとといは　休み（やす）でした。

昨日（きのう）は　日曜日（にちようび）でした。

テストは　昨日（きのう）でした。

昨日（きのう）　先生（せんせい）は　休（やす）みでした。

おとといは　雨（あめ）でした。

パーティーは　水曜日（すいようび）でした。

昨日（きのう）の勉強（べんきょう）は　夜（よる）　二時（にじ）まででした。

29. おととい 3	一昨日	名	前天
30. あめ 1	雨	名	雨，雨天
31. すいようび 3	水曜日	名	星期三

文型III　練習

（請以問答的形式進行口語練習及代換練習。）

1. 日本語のテストは　午後　三時ですか。

　→　いいえ、三時じゃ　ありません。午前　十時十分でした。

2. A：留学生パーティーは　明日ですか。

　B：いいえ、明日じゃ　ありません。昨日でした。

　A：えっ、そうですか。

えっ：咦？表「感嘆」

　① テスト、金曜日

　② 部活、おととい

3. 今日から　休みですか。

　→　いいえ、今日からじゃ　ありません。昨日からです。

　昨日から　あさってまでです。

あさって：後天

4. A：朝から　雨ですか。

　B：いいえ、朝は　晴れでした。雨は　午後からですよ。

　① 勉強、休み、勉強

　② 部活、勉強、部活

よ：表「告知」的語尾助詞

32. ぶかつ 0　部活　名　社團活動

文型IV MP3 ◎ 21

昨日（きのう）は　雨（あめ）じゃ　ありませんでした。

昨日（きのう）は　土曜日（どようび）じゃ　ありませんでした。

今朝（けさ）は　晴（は）れじゃ　ありませんでした。

おとといは　休（やす）みじゃ　ありませんでした。

午前（ごぜん）の勉強（べんきょう）は　日本語（にほんご）じゃ　ありませんでした。

昨日（きのう）のテストは　一時十分（いちじじゅっぷん）からじゃ　ありませんでした。

おとといのパーティーは　十二時（じゅうにじ）までじゃ　ありませんでした。

語彙

33. けさ ①	今朝	名	今天早上
34. はれ ② ①	晴れ	名	晴天

文型IV　練習

（請以問答的形式進行口語練習及代換練習。）

1. 昨日(きのう)は　日本語(にほんご)の勉強(べんきょう)でしたか。

　→　いいえ、日本語(にほんご)の勉強(べんきょう)じゃ　ありませんでした。

　　　コンピューターの勉強(べんきょう)でした。

2. A：テストは　<u>昨日(きのう)</u>からでしたか。

　B：いいえ、<u>昨日(きのう)</u>からじゃ　ありませんでした。<u>今日(きょう)</u>からです。

　A：<u>何曜日(なんようび)</u>までですか。

　B：<u>金曜日(きんようび)</u>までです。

　① 月曜日(げつようび)、月曜日(げつようび)、火曜日(かようび)、何曜日(なんようび)、木曜日(もくようび)

　② 二時(にじ)、二時(にじ)、三時十分(さんじじゅっぷん)、何時(なんじ)、五時(ごじ)

3. 昨日(きのう)　台北(タイペイ)は　雨(あめ)でしたか。

　→　はい、そうです。雨(あめ)でしたよ。

會話本文 MP3 ◎ 22

今(いま)　何時(なんじ)ですか。

張(ちょう)　：おはよう。

美和(みわ)：おはよう。今(いま)　何時(なんじ)ですか。

張(ちょう)　：十時(じゅうじ)です。これから　中国語(ちゅうごくご)の勉強(べんきょう)ですか。

美和(みわ)：はい、そうです。

張(ちょう)　：中国語(ちゅうごくご)の勉強(べんきょう)は　何時(なんじ)から　何時(なんじ)までですか。

美和(みわ)：十時十分(じゅうじじゅっぷん)から　十二時(じゅうにじ)までです。

　　　張(ちょう)さんは　これから　日本語(にほんご)の勉強(べんきょう)ですか。

張(ちょう)　：いいえ、日本語(にほんご)の勉強(べんきょう)じゃ　ありません。

　　　日本語(にほんご)の勉強(べんきょう)は　昨日(きのう)でした。

美和(みわ)：そうですか。

35. これから 0 4　　連語　　從此，從現在開始

會話代換練習

（請將① ②的語彙，套入____內，進行口語練習。）

〈I〉

王(おう)：先輩(せんぱい)、学校(がっこう)の食堂(しょくどう)は　何時(なんじ)からですか。

張(ちょう)：午前(ごぜん)　七時(しちじ)からです。

王(おう)：何時(なんじ)までですか。

張(ちょう)：午後(ごご)　八時半(はちじはん)までです。

王(おう)：そうですか。

張(ちょう)：ええ。

① 学校(がっこう)の図書館(としょかん)、午前(ごぜん)　八時(はちじ)、午後(ごご)　十時(じゅうじ)

② 今日(きょう)のテスト、午後(ごご)　一時十分(いちじじゅっぷん)、午後(ごご)　三時(さんじ)

〈II〉

美和(みわ)：張(ちょう)さん、こんにちは。

張(ちょう)　：こんにちは。

美和(みわ)：張(ちょう)さん、昨日(きのう)は　日本語(にほんご)の勉強(べんきょう)でしたか。

張(ちょう)　：いいえ、日本語(にほんご)の勉強(べんきょう)は　昨日(きのう)じゃ　ありませんでした。明日(あした)です。

美和(みわ)：そうですか。

① おととい、学校(がっこう)のパーティー、学校(がっこう)のパーティー、おととい

② 今朝(けさ)、テスト、テスト、今朝(けさ)

學習總複習 MP3 23

1. 聽寫練習

（請依照MP3播放的內容，寫出正確的答案。）

① ______________________________

② ______________________________

③ ______________________________

④ ______________________________

⑤ ______________________________

2. 看時鐘說時間

（說說看下面的時間，並用假名寫出來。）

①

____

②

____

③

____

④ 

⑤ 

3. 請寫出以下詞語的漢字與假名

① 餐廳 （　　　　　）（　　　　　）

② 今天早上 （　　　　　）（　　　　　）

③ 晴天 （　　　　　）（　　　　　）

④ 星期六 （　　　　　）（　　　　　）

⑤ 學校 （　　　　　）（　　　　　）

4. 文型造句

（請運用「～から～まで」造句）

① テスト（午後3:00～午後5:00）

② 学校（午前9:00～午後6:00）

③ デパート（午前11:00～午後8:00）

____

④ 勉強（午後7:30～午後9:00）

____

⑤ 休み（午後12:30～午後1:30）

____

5. 文法練習

（下列句子，文法正確的請於（　）填入○，錯誤的請於（　）填入×，並請於______更正錯誤處。）

①（　　）あさっては　木曜日でした。________

②（　　）食堂は　二時まででです。________

③（　　）昨日は　雨じゃ　ありませんでした。________

④（　　）昨日は　休みでしたか。________

⑤（　　）明日のテストは　何時からでしたか。________

6. 翻譯練習

（請從㋐～㋓的選項中，選擇出正確的中譯文填入①～④各題（　）中。）

① 明日は　何曜日ですか。（　　）

② 昨日は　雨でした。（　　）

③ 勉強は　午前八時から　午後五時まででです。（　　）

④ 今（いま）　何時何分（なんじなんぷん）ですか。（　　　）

㋐ 現在是幾點幾分？

㋑ 明天是星期幾？

㋒ 昨天是雨天。

㋓ 學習是從早上八點到下午五點。

7. 閱讀練習

（請依照文章內容回答以下問題，正確請於（　）填入○，錯誤請於（　）填入×。）

昨日（きのう）は　土曜日（どようび）でした。学校（がっこう）は　休（やす）みじゃ　ありませんでした。

今日（きょう）は　日曜日（にちようび）です。学校（がっこう）は　休（やす）みです。

昨日（きのう）は　雨（あめ）でした。今日（きょう）は　晴（は）れです。

土曜日（どようび）、図書館（としょかん）は　午前（ごぜん）　九時（くじ）から　午後（ごご）　五時（ごじ）までです。

日曜日（にちようび）、図書館（としょかん）は　午前（ごぜん）　十時（じゅうじ）から　午後（ごご）　四時（よじ）までです。

図書館（としょかん）の休（やす）みは　月曜日（げつようび）です。

①（　　　）明日（あした）は　月曜日（げつようび）です。

②（　　　）今日（きょう）、学校（がっこう）は　休（やす）みじゃ　ありません。

③（　　　）昨日（きのう）は　晴（は）れでした。

④（　　　）今日（きょう）、図書館（としょかん）は　六時（ろくじ）までです。

⑤（　　　）昨日（きのう）、図書館（としょかん）は　休（やす）みでした。

豆知識　伝統的（でんとうてき）な祝祭日（しゅくさいじつ）　傳統的節日

1月1日（いちがつついたち）「元旦（がんたん）」（新年）、3月3日（さんがつみっか）「桃（もも）の節句（せっく）」（女兒節）、5月5日（ごがついつか）「端午（たんご）の節句（せっく）」（端午節）、7月7日（しちがつなのか）「七夕（たなばた）」（七夕）和9月9日（くがつここのか）「重陽（ちょうよう）の節句（せっく）」（重陽節）在日本，各有慶祝方式。

「初詣（はつもうで）」（新年首次參拜）是「元旦（がんたん）」的重要活動，過年期間去廟裡拜拜，祈求新年順心如意。

3月3日（さんがつみっか）原本是供奉桃花餅的日子，後來演變成「雛祭り（ひなまつり）」（女兒節），有女兒的人家，會擺出「雛人形（ひなにんぎょう）」（女兒節人偶）慶祝。

5月5日（ごがついつか）是「端午（たんご）」，沿襲中國吃「粽（ちまき）」的傳統和驅邪避惡的觀念，將「菖蒲（あやめ）」鋪在屋頂上避邪，還佩帶「薬玉（くすだま）」（香包）祈求長壽。另外，為求家中男丁的前途光明，會掛上「鯉幟（こいのぼり）」（鯉魚旗），並擺設「鎧（よろい）」（鎧甲）和「兜（かぶと）」（頭盔）。

7月7日（しちがつなのか）是「七夕（たなばた）」，一樣是「彦星（ひこぼし）」（牛郎）「織姫（おりひめ）」（織女）的故事，但不當情人節，而是把願望寫在色紙，綁在「竹（たけ）」上，祈求願望成真。

9月9日（くがつここのか）是「重陽（ちょうよう）」，為求去厄長壽，會將秋天盛開的「菊（きく）」（菊花）放進酒中，邊喝菊花酒邊慶祝重陽節，但現今過這個節日的人已經不多了。

第五課（だいごか）

これは携帯（けいたい）です。

重點提示

1. これは　携帯（けいたい）です。
2. それは　林（りん）さんのパソコンじゃ　ありません。
3. この本（ほん）は　わたしのです。
4. それは　「ソ」ですか、「ン」ですか。

指示代名詞整理表：

	近距離	中距離	遠距離
東西、物品	これ	それ	あれ
事物	この～	その～	あの～

文型 I MP3 ◎ 25

これは　携帯(けいたい)です。

これは　本(ほん)です。

それは　雑誌(ざっし)です。

あれは　何(なん)ですか。

あれは　日本語(にほんご)の新聞(しんぶん)です。

これは　英語(えいご)の辞書(じしょ)じゃ　ありません。

それは　コンピューターの雑誌(ざっし)じゃ　ありません。

1. これ 0		代	這（近距離）
2. けいたい 0	携帯	名	手機
3. ほん 1	本	名	書本
4. それ 0		代	那（中距離）
5. ざっし 0	雑誌	名	雜誌
6. あれ 0		代	那（遠距離）
7. の		格助	的（提示名詞的性質或內容）
8. しんぶん 0	新聞	名	報紙
9. じしょ 1	辞書	名	字典

文型 I　練習

（請以問答的形式，進行口語練習及代換練習。）

1. これは　カードですか。

   →　はい、そうです。それは　カードです。

2. A：すみません、それは　何(なん)ですか。

   B：これは　新聞(しんぶん)です。

   A：何(なん)の新聞(しんぶん)ですか。

   B：英語(えいご)の新聞(しんぶん)です。

   ① 雑誌(ざっし)、雑誌(ざっし)、コンピューター、雑誌(ざっし)

   ② 辞書(じしょ)、辞書(じしょ)、日本語(にほんご)、辞書(じしょ)

3. あれは　日本語(にほんご)の本(ほん)ですか。

   →　いいえ、日本語(にほんご)の本(ほん)じゃ　ありません。中国語(ちゅうごくご)の本(ほん)です。

4. A：それは　デジカメですか。

   B：いいえ、これは　コンピューターです。

   A：日本製(にほんせい)ですか。

   B：はい、そうです。

   ① パソコン、台湾製(たいわんせい)

   ② 携帯(けいたい)、アメリカ製(せい)

10. カード 1	card	名	卡片
11. デジカメ 0	digital camera的省略	名	數位相機
12. ～せい	～製	接尾	～製造
13. パソコン 0	personal computer的省略	名	個人電腦

文型 II MP3 ◎ 26

それは　林(りん)さんのパソコンじゃ　ありません。

それは　私(わたし)の本(ほん)です。

これは　先生(せんせい)のデジカメじゃ　ありません。

あれは　誰(だれ)のかばんですか。

あれは　美和(みわ)さんのノートです。

それは　わたしの携帯(けいたい)じゃ　ありません。

これは　あなたの傘(かさ)ですか。

14. かばん [0]	鞄	名	皮包
15. ノート [1]	notebook的省略	名	筆記本
16. かさ [1]	傘	名	雨傘

文型 II　練習

（請以問答的形式進行口語練習及代換練習。）

1. それは　誰(だれ)のシャツですか。

　→　それは　阿部(あべ)さんのシャツです。

2. A：これは　あなたの<u>かばん</u>ですか。

　B：いいえ、わたしの<u>かばん</u>じゃ　ありません。美和(みわ)さんの<u>かばん</u>です。

　A：そうですか。

　① デジカメ、デジカメ、デジカメ

　② 携帯(けいたい)、携帯(けいたい)、携帯(けいたい)

3. あれは　先生(せんせい)の辞書(じしょ)ですか。

　→　はい、あれは　先生(せんせい)の辞書(じしょ)です。

4. A：それは　何(なん)ですか。

　B：<u>コーヒー</u>です。

　A：誰(だれ)の<u>コーヒー</u>ですか。

　B：<u>先輩(せんぱい)</u>の<u>コーヒー</u>です

　① チョコレート、チョコレート、王(おう)さん、チョコレート

　② 新聞(しんぶん)、新聞(しんぶん)、わたし、新聞(しんぶん)

17. シャツ ①	shirt	名	襯衫
18. コーヒー ③	（荷）koffie	名	咖啡
19. チョコレート ③	chocolate	名	巧克力

文型III MP3 ◎ 27

この本(ほん)は　わたしのです。

この眼鏡(めがね)は　先生(せんせい)のです。

その消(け)しゴムは　王(おう)さんのです。

あの鍵(かぎ)は　誰(だれ)のですか。

あの車(くるま)は　先生(せんせい)のじゃ　ありません。

その時計(とけい)は　わたしのじゃ　ありません。

このペンは　阿部(あべ)さんのですか。

語彙

20. この 0		連體	這～（近距離）
21. めがね 1	眼鏡	名	眼鏡
22. その 0		連體	那～（中距離）
23. けしゴム 0	消しゴム	名	橡皮擦
24. あの 0		連體	那～（遠距離）
25. かぎ 2	鍵	名	鑰匙
26. くるま 0	車	名	汽車
27. とけい 0	時計	名	鐘錶
28. ペン 1	pen	名	筆

文型III　練習

（請以問答的形式進行口語練習及代換練習。）

1. あの傘(かさ)は　誰(だれ)のですか。

　→　張(ちょう)さんのです。

2. A：すみません、この眼鏡(めがね)は　あなたのですか。

　B：いいえ、わたしのじゃ　ありません。

　A：えっ、そうですか。じゃ、誰(だれ)のですか。

　B：それは　先生(せんせい)の眼鏡(めがね)です。

　① 鍵(かぎ)、林(りん)さん、鍵(かぎ)

　② 時計(とけい)、美和(みわ)さん、時計(とけい)

3. A：その靴(くつ)は　あなたのですか。

　B：はい、そうです。わたしのです。

　A：それは　日本製(にほんせい)ですか。

　B：いいえ、台湾製(たいわんせい)です。

　① デジカメ、アメリカ製(せい)

　② 車(くるま)、アメリカ製(せい)

29. くつ [2]　　靴　　名　　鞋子

文型IV MP3 ◎ 28

それは　「ソ」ですか、「ン」ですか。

これは　鉛筆(えんぴつ)ですか、ボールペンですか。

それは　本(ほん)ですか、辞書(じしょ)ですか。

あれは　コンピューターの雑誌(ざっし)ですか、デジカメの雑誌(ざっし)ですか。

この本(ほん)は　あなたのですか、林(りん)さんのですか。

そのかばんは　美和(みわ)さんのですか、張(ちょう)さんのですか。

あのテレビは　日本製(にほんせい)ですか、台湾製(たいわんせい)ですか。

30. えんぴつ [0]	鉛筆	名	鉛筆
31. ボールペン [0]	ballpoint pen的省略	名	原子筆
32. テレビ [1]	television的省略	名	電視

文型IV　練習

（請以問答的形式進行口語練習及代換練習。）

1. これは「わ」ですか、「れ」ですか。

　→　それは「れ」です。

2. A：それは　携帯（けいたい）ですか、デジカメですか。

　B：デジカメです。

　A：誰（だれ）のですか。

　B：わたしのです。

3. このノートは　あなたのですか、陳（ちん）さんのですか。

　→　それは　陳（ちん）さんのです。

4. A：その車（くるま）は　日本製（にほんせい）ですか、アメリカ製（せい）ですか。

　B：この車（くるま）は　日本製（にほんせい）です。

　A：誰（だれ）の車（くるま）ですか。

　B：先生（せんせい）のです。

5. あなたは　二年生（にねんせい）ですか、三年生（さんねんせい）ですか。

　→　わたしは　三年生（さんねんせい）です。

會話本文 MP3 29

それは　何(なん)ですか。

阿部(あべ)：張(ちょう)さん、それは　何(なん)ですか。

張(ちょう)　：これですか。これは　携帯(けいたい)です。

阿部(あべ)：可愛(かわい)いですね。それも　携帯(けいたい)ですか。

張(ちょう)　：いいえ、これは　携帯(けいたい)じゃ　ありません。デジカメです。

阿部(あべ)：あなたのですか。

張(ちょう)　：いいえ、私(わたし)のじゃ　ありません。王(おう)さんのです。

阿部(あべ)：そうですか。

語彙

33. かわいい 3	可愛い	イ形	可愛的
34. も		格助	也～（事物並列助詞）

會話代換練習

（請將①②的語彙，套入____內，進行口語練習。）

〈I〉

王(おう)：張(ちょう)さん、それは　何(なん)ですか。

張(ちょう)：これですか。これは　鉛筆(えんぴつ)です。

王(おう)：あなたのですか。

張(ちょう)：いいえ、わたしのじゃ　ありません。美和(みわ)さんのです。

王(おう)：そうですか。

① パソコン、阿部(あべ)さん

② 雑誌(ざっし)、先生(せんせい)

〈II〉

美和(みわ)：張(ちょう)さん、それは　ノートですか、本(ほん)ですか。

張(ちょう)　：これは　本(ほん)です。

美和(みわ)：その本(ほん)は　あなたのですか。

張(ちょう)　：はい、わたしのです。

① ペン、ボールペン、ペン、ペン

② 辞書(じしょ)、雑誌(ざっし)、雑誌(ざっし)、雑誌(ざっし)

學習總複習 MP3 30

1. 聽寫練習

（請依照MP3播放的內容，寫出正確的答案。）

① ______________________________

② ______________________________

③ ______________________________

④ ______________________________

⑤ ______________________________

2. 看圖造句

（請以說話者的立場，利用これ、それ、あれ等指示代名詞造句。）

①

これ / 新聞（しんぶん）

____

②

それ / 靴（くつ）

____

③

あれ / 辞書（じしょ）

____

④

これ / 携帯（けいたい）

____

3. 問答題

（請依照下列圖示回答問句。）

①

これは　傘（かさ）ですか。

→ ______________________________

②

それは　デジカメですか。

→ ______________________________

③

これは　ボールペンですか。

→ ______________________________

④

あれは　コンピューターですか。

→ ______________________________

⑤

これは　机(つくえ)ですか。

→ ______________________________

机(つくえ)：桌子
椅子(いす)：椅子

4. 填充

（請於（　）填入適當的助詞。）

① これ（　　　）　本(ほん)です。

② これ（　　　）　あなた（　　　）ノートですか。

③ これ（　　　）　誰(だれ)（　　　）ノートですか。

……王(おう)さん（　　　）です。

④ このノート（　　　）　王(おう)さん（　　　）ですか。

⑤ あれは　林(りん)さん（　　　）傘(かさ)じゃ　ありません。

⑥ それは　「い」です（　　　）、「り」です（　　　）。

5. 翻譯練習

（請從㋐～㋓的選項中，選擇出正確的中譯文填入①～④各題（　　）中。）

① これは　谷口先生(たにぐちせんせい)のかばんじゃ　ありません。（　　　）

② これは　鉛筆(えんぴつ)ですか、ボールペンですか。（　　　）

③ その　机(つくえ)は　だれのですか。（　　　）

④ あれは　携帯(けいたい)です。（　　　）

㋐ 那是行動電話。

㋑ 這是鉛筆，還是原子筆？

㋒ 這不是谷口老師的皮包。

㋓ 那張桌子是誰的？

6. 重組

（請利用以下的詞語，重組成正確的句子。）

① 消(け)しゴム / は / これ / です

→ ______________________________

② です / か / は / それ / コーヒー

→ ______________________________

③ かばん / は / この / の / 先生(せんせい) / です

→ ______________________________

④ か / その / の / 時計(とけい) / 誰(だれ) / です / は

→ ______________________________

豆知識

携帯に関する用語
和手機相關的用語

從一九八七年，日本首支「**携帯電話**」（簡稱「**携帯**」或「ケータイ」）問世至今，手機文化在日本已超過二十個年頭。經過這麼多年研發，不論樣式或搭載的機能，都已成熟發展，現在日本手機在年輕人心中，有著特別的一席之地。

首先以樣式來說，常見的手機，可分為三大類型；「**ストレート型**」（直立型）、「**折り畳み型**」（折疊型）、「**スライド型**」（滑蓋型），時下最新型的「**サイクロイド型**」（折疊反轉螢幕型），就是折疊型的變種設計。

機能方面，除了基本通話外，還有「**着信メロディ**」（簡稱「**着メロ**」；來電答鈴）、「**Eメール**」或「**電子メール**」（E-Mail）、以及日本獨自研發的新奇功能，例如：「**ワンセグ**」（可收看電視節目的手機）、「**着うた**」（以歌曲取代答鈴的旋律）、「**おサイフケータイ**」（手機可儲值金錢，可在搭乘交通工具時，或在特約商店使用）和「**タッチメッセージ**」（只要手機碰觸手機，即可傳輸訊息、圖檔或資料檔，且免通話、傳輸費）。

不論外型或機能，日本手機一直獨樹一格，加上與國際規格互不相通，外國人多半只能望機興嘆，其實連他們自己都揶揄說，日本的手機是「**ガラパゴス・ケータイ**」（Galapagos：加拉巴哥群島，南美洲的孤島，島上生態特殊，達爾文在此獲得靈感提出進化論）。

第六課（だいろっか）

ここは教室（きょうしつ）です。

重點提示

1. ここは　教室（きょうしつ）です。

2. そこは　寮（りょう）です。

3. あそこは　テニスコートです。

4. 中国語学科（ちゅうごくごがっか）の事務室（じむしつ）は　どこですか。

指示代名詞整理表：

	近距離	中距離	遠距離	疑問代名詞
場所	ここ	そこ	あそこ	どこ
方位	こちら	そちら	あちら	どちら

文型 I MP3 ◎ 32

ここは　教室（きょうしつ）です。

ここは　食堂（しょくどう）です。

ここは　体育館（たいいくかん）です。

ここは　会議室（かいぎしつ）です。

ここは　事務室（じむしつ）じゃ　ありません。

ここは　わたしの部屋（へや）じゃ　ありません。

ここは　日本語（にほんご）のクラスじゃ　ありません。

語彙 MP3 ◎ 31

1. ここ 0		代	這裡（近距離）
2. きょうしつ 0	教室	名	教室
3. しょくどう 0	食堂	名	餐廳
4. たいいくかん 4	体育館	名	體育館
5. かいぎしつ 3	会議室	名	會議室
6. じむしつ 2	事務室	名	辦公室
7. へや 2	部屋	名	房間
8. クラス 1	class	名	班級，教室，課程

文型Ⅰ　練習

（請以問答的形式，進行口語練習及代換練習。）

1. ここは　事務室（じむしつ）ですか。

　→　はい、そうです。ここは　事務室（じむしつ）です。

2. A：すみません、ここは　日本語（にほんご）のクラスですか。

　B：いいえ、ここは　日本語（にほんご）のクラスじゃ　ありません。

　A：何（なん）のクラスですか。

　B：英語（えいご）のクラスです。

　① コンピューター、コンピューター、中国語（ちゅうごくご）

　② 会計学（かいけいがく）、会計学（かいけいがく）、電子学（でんしがく）

3. ここは　会議室（かいぎしつ）ですか。

　→　はい、ここは　機械学科（きかいがっか）の会議室（かいぎしつ）です。

4. A：すみません、３２０９（さんにゼロきゅう）の部屋（へや）は　ここですか。

　B：いいえ、ここじゃ　ありません。３２０９（さんにゼロきゅう）の部屋（へや）は　隣（となり）です。

　① ６２１４（ろくにいちよん）、６２１４（ろくにいちよん）

　② ２１０７（にいちゼロなな）、２１０７（にいちゼロなな）

9. となり 0　　隣　　名　　隔壁
10. でんし 1　　電子　　名　　電子
11. ～がく　　～学　　接尾　　～學科，～課程

そこは　寮（りょう）です。

そこは　トイレです。

そこは　美術館（びじゅつかん）です。

そこは　学校（がっこう）の本屋（ほんや）です。

そこは　活動（かつどう）センターじゃ　ありません。

そこは　レストランじゃ　ありません。

そこは　会計学科（かいけいがっか）の事務室（じむしつ）じゃ　ありません。

12. そこ [0]		代	那裡（中距離）
13. りょう [1]	寮	名	宿舍
14. トイレ [1]	toilet	名	廁所
15. びじゅつかん [3]	美術館	名	美術館
16. ほんや [1]	本屋	名	書店
17. ～や	～屋	接尾	～店
18. かつどう [0]	活動	名	活動
19. ～センター	center	接尾	～中心
20. レストラン [1]	restaurant	名	餐廳

文型 II　練習

（請以問答的形式進行口語練習及代換練習。）

1. そこは　郵便局(ゆうびんきょく)ですか。

　→　はい、そこは　郵便局(ゆうびんきょく)です。

2. A：そこは　レストランですか。

　B：いいえ、そうじゃ　ありません。レストランは　ここの三階(さんがい)です。

　A：そうですか。どうも　ありがとう。

　① 会議室(かいぎしつ)、会議室(かいぎしつ)、六階(ろっかい)

　② 本屋(ほんや)、本屋(ほんや)、地下一階(ちかいっかい)

3. すみません、コンビニは　そこですか。

　→　はい、そうです。そこの一階(いっかい)です。

4. A：そこは　日本語(にほんご)サークルの部室(ぶしつ)ですか。

　B：はい、そのビルの二階(にかい)です。

　① 英語(えいご)

　② ギター

語彙

21. ～かい	～階	接尾	～樓
22. ギター [1]	guitar	名	吉他
23. ちか [1]	地下	名	地下
24. コンビニ [0]	convenience store的省略	名	便利商店
25. ぶしつ [0]	部室	名	社團辦公室
26. ビル [1]	building的省略	名	大樓

あそこは　テニスコートです。

あそこは　階段(かいだん)です。

あそこは　銀行(ぎんこう)です。

先生(せんせい)は　あそこです。

あそこは　食堂(しょくどう)じゃ　ありません。

あそこは　学校(がっこう)の寮(りょう)じゃ　ありません。

エレベーターは　あそこじゃ　ありません。

27. あそこ 0		代	那裡（遠距離）
28. テニスコート 4	tennis court	名	網球場
29. かいだん 0	階段	名	樓梯
30. ぎんこう 0	銀行	名	銀行
31. エレベーター 3	elevator	名	電梯

文型Ⅲ　練習

（請以問答的形式進行口語練習及代換練習。）

1. あそこは　駅（えき）ですか。

　→　はい、あそこは　台北駅（タイペイえき）です。

2. A：すみません、先生（せんせい）は　あそこですか。

　B：いいえ、事務室（じむしつ）です。

　A：そうですか。事務室（じむしつ）は　このビルの七階（ななかい）ですか。

　B：はい、そうです。

　① 美和（みわ）さん、四階（よんかい）

　② 先輩（せんぱい）、三階（さんがい）

3. A：あそこの傘（かさ）は　あなたのですか。

　B：はい、そうです。わたしのです。

　A：それは　いくらですか。

　B：９０元（きゅうじゅうげん）です。

　① 雑誌（ざっし）、１２０（ひゃくにじゅう）

　② 日本語（にほんご）の本（ほん）、２３０（にひゃくさんじゅう）

語彙

32. タイペイ 0	台北	名	台北
33. えき 1	駅	名	車站
34. いくら 1	幾ら	疑代	多少錢
35. ～げん	～元	接尾	～元
36. ひゃく 2	百	名	百
37. せん 1	千	名	千

文型IV MP3 ◎ 35

中国語学科（ちゅうごくごがっか）の事務室（じむしつ）は　どこですか。

トイレは　どこですか。

先生（せんせい）は　どこですか。

日本語（にほんご）の本（ほん）は　どこですか。

あなたの家（うち）は　どこですか。

お国（くに）は　どちらですか。

部屋（へや）は　何階（なんがい）ですか。

語彙

38. どこ 1		疑代	哪裡
39. うち 0	家	名	家
40. どちら 1		疑代	哪邊
41. おくに 0	お国	名	（尊稱對方的）國家
42. なんがい 0	何階	疑代	幾樓

文型IV　練習

（請以問答的形式進行口語練習及代換練習。）

1. 本屋は　どこですか。

   →　そちらです。

2. A：あなたの携帯は　どこですか。

   B：そこです。

   A：それは　どこの携帯ですか。

   B：日本の携帯です。

   ① 車、車、台湾、車

   ② 傘、傘、日本、傘

3. A：学校は　どちらですか。

   B：元気大学です。

   ① 会社、フォード

   ② お国、日本

4. 美術館は　あちらですか。

   →　いいえ、こちらです。

語彙

43. そちら 0		代	那邊（中距離）
44. スイス 1	Swiss	名	瑞士
45. かいしゃ 0	会社	名	公司
46. フォード 1	Ford	名	福特公司
47. あちら 0		代	那邊（遠距離）
48. こちら 0		代	這邊（近距離）

會話本文 MP3 ◎ 36

学校(がっこう)は　どちらですか。

美和(みわ)：張(ちょう)さん、これから　日本語(にほんご)の授業(じゅぎょう)ですか。

張(ちょう)　：はい。美和(みわ)さんは。

美和(みわ)：わたしは　中国語(ちゅうごくご)の授業(じゅぎょう)です。

　　　ここは　わたしの教室(きょうしつ)です。張(ちょう)さんの教室(きょうしつ)は　どこですか。

張(ちょう)　：あそこです。トイレの隣(となり)です。

　　　美和(みわ)さんの日本(にほん)の大学(だいがく)は　どちらですか。

美和(みわ)：平成大学(へいせいだいがく)です。

張(ちょう)　：それは　どこですか。

美和(みわ)：大阪(おおさか)です。

張(ちょう)　：そうですか。

49. じゅぎょう [1]	授業	名	上課，授課
50. おおさか [0]	大阪	名	大阪

會話代換練習

（請將①②的語彙，套入____內，進行口語練習。）

〈I〉

美和（みわ）：張（ちょう）さん、ここは　どこですか。

張（ちょう）　：図書館（としょかん）です。

美和（みわ）：あそこも　図書館（としょかん）ですか。

張（ちょう）　：いいえ、あそこは　会議室（かいぎしつ）です。

美和（みわ）：そうですか。

① コーヒーショップ、コーヒーショップ、食堂（しょくどう）

② 事務室（じむしつ）、事務室（じむしつ）、教室（きょうしつ）

〈II〉

王（おう）　：大学（だいがく）は　どちらですか。

美和（みわ）：平成大学（へいせいだいがく）です。

王（おう）　：平成大学（へいせいだいがく）は　どこですか。

美和（みわ）：大阪（おおさか）です。

王（おう）　：そうですか。

① 元気大学（げんきだいがく）、元気大学（げんきだいがく）、桃園（とうえん）

② 東京大学（とうきょうだいがく）、東京大学（とうきょうだいがく）、東京（とうきょう）

51. コーヒーショップ 5	coffee shop	名	咖啡店
52. とうえん 1	桃園	名	桃園

學習總複習 MP3 37

1. 聽寫練習

（請依照MP3播放的內容，寫出正確的答案。）

① ______________________________

② ______________________________

③ ______________________________

④ ______________________________

⑤ ______________________________

2. 請寫出以下詞語的漢字與假名

① 體育館　（　　　　　　　）（　　　　　　　）

② 房間　（　　　　　　　）（　　　　　　　）

③ 圖書館　（　　　　　　　）（　　　　　　　）

④ 書店　（　　　　　　　）（　　　　　　　）

⑤ 樓梯　（　　　　　　　）（　　　　　　　）

⑥ 宿舍　（　　　　　　　）（　　　　　　　）

3. 看圖造句

（請以說話者的立場利用ここ、そこ、あそこ等指示代名詞造句。）

①

ここ / 会議室（かいぎしつ）

____

②

そこ / トイレ

____

③

ここ / 二階（にかい）

____

④

あそこ / コーヒーショップ

____

4. 看圖回答問句

①

会議室（かいぎしつ）は　どこですか。（ここ）

→ ______________________________

②

谷口先生（たにぐちせんせい）は　どこですか。（図書館（としょかん））

→ ______________________________

③ この携帯(けいたい)は　いくらですか。（9 500元(きゅうせんごひゃくげん)）

→ ____

④ 日本語学科(にほんごがっか)の　事務室(じむしつ)は　どこですか。（三階(さんがい)）

→ ____

⑤ 美和(みわ)さんの　学校(がっこう)は　どちらですか。（平成大学(へいせいだいがく)）

→ ____

5. 填充

（請於〔　〕中填入適當的疑問詞，（　）中填入適當的助詞。）

① 食堂(しょくどう)は〔　　　　〕ですか。……地下一階(ちかいっかい)です。

② 学校(がっこう)は〔　　　　〕ですか。……元気大学(げんきだいがく)です。

③ お国(くに)は〔　　　　〕ですか。……日本(にほん)です。

④ アメリカ（　　　　）ボールペンは〔　　　　〕ですか。……百元(ひゃくげん)です。

⑤ これは　どこ（　　　　）靴(くつ)ですか。……台湾(たいわん)（　　　　）靴(くつ)です。

⑥ この雑誌(ざっし)は　〔　　　　〕ですか。……五百円(ごひゃくえん)です。

円(えん)：日幣單位

6. 請完成以下問句

① Q：____

A：エレベーターは　あそこです。

② Q：＿＿＿＿＿＿＿＿＿＿＿＿＿＿＿＿＿＿＿＿＿＿＿＿

A：台湾(たいわん)です。

③ Q：＿＿＿＿＿＿＿＿＿＿＿＿＿＿＿＿＿＿＿＿＿＿＿＿

A：いいえ、先生(せんせい)は　事務室(じむしつ)じゃ　ありません。食堂(しょくどう)です。

④ Q：＿＿＿＿＿＿＿＿＿＿＿＿＿＿＿＿＿＿＿＿＿＿＿＿

A：中国語学科(ちゅうごくごがっか)の　事務室(じむしつ)は　六階(ろっかい)です。

⑤ Q：＿＿＿＿＿＿＿＿＿＿＿＿＿＿＿＿＿＿＿＿＿＿＿＿

A：はい、そうです。あそこは　郵便局(ゆうびんきょく)です。

7. 重組與中文翻譯

① の / 車(くるま) / これ / 日本(にほん) / は / じゃ　ありません

日文：＿＿＿＿＿＿＿＿＿＿＿＿＿＿＿＿＿＿＿＿＿＿＿＿

中譯：＿＿＿＿＿＿＿＿＿＿＿＿＿＿＿＿＿＿＿＿＿＿＿＿

② 先生(せんせい) / どこ / は / の / 日本語(にほんご) / です / か

日文：＿＿＿＿＿＿＿＿＿＿＿＿＿＿＿＿＿＿＿＿＿＿＿＿

中譯：＿＿＿＿＿＿＿＿＿＿＿＿＿＿＿＿＿＿＿＿＿＿＿＿

③ 王(おう)さん / は / か / 学校(がっこう) / どちら / の / です

日文：＿＿＿＿＿＿＿＿＿＿＿＿＿＿＿＿＿＿＿＿＿＿＿＿

中譯：＿＿＿＿＿＿＿＿＿＿＿＿＿＿＿＿＿＿＿＿＿＿＿＿

④ 何階(なんがい)/ は / あなた / です / か / 部屋(へや) / の

日文：＿＿＿＿＿＿＿＿＿＿＿＿＿＿＿＿＿＿＿＿＿＿＿＿

中譯：＿＿＿＿＿＿＿＿＿＿＿＿＿＿＿＿＿＿＿＿＿＿＿＿

豆知識

神社（じんじゃ）とお寺（てら）　神社與寺廟

日本的宗教多樣，除西方的「**キリスト教（きょう）**」（基督教）外，還有東方傳入的「**仏教（ぶっきょう）**」（佛教）和本土的「**神道（しんとう）**」（神道教）等。其中又因佛教和神道教的建築物，多具歷史和特色，儼然成為觀光景點。

佛教和神道教的廟宇，最大的差別就是「**鳥居（とりい）**」（區分神域與人世，代表神域的入口），建有「**鳥居（とりい）**」的是神道教。參拜方式為（1）進入「**鳥居（とりい）**」先淺淺一鞠躬；（2）在「**手水舎（てみずや）**」（也可唸「**ちょうずや**」）洗手、漱口，代表拜神前的淨心；（3）避開神明前正中央的路，到「**賽銭箱（さいせんばこ）**」（香油錢箱）前，投入「**賽銭（さいせん）**」（香油錢）後，扯一下草繩垂釣的「**鈴（すず）**」，再鞠躬二次、拍手二次，最後再深深一鞠躬。

特別一提的是，「**賽銭（さいせん）**」要放多少才合宜呢？答案是「４５円（よんじゅうごえん）」，因為「４０（よんじゅう）」的另外一個唸法就是「４０（しじゅう）」，「４０（しじゅう）」和「**始終（しじゅう）**」是諧音，再加上「**ご縁（えん）**」的「５（ご）」，取諧音「**始終（しじゅう）ご縁（えん）がありますように**」。另外，每年大年初一的「**初詣（はつもうで）**」，也有老闆為了討吉利，會給「2,951円（えん）（數字的諧音同「**福来い（ふくこい）**」）」喔！

另一方面，佛教的廟宇除了沒有「**鳥居（とりい）**」以外，名字多為「〇〇寺（じ）」。和我們拜拜的方式大同小異，投入香油錢之後，雙手合掌，虔誠地向神明祈求即可，無須拍手。

第七課（だいななか）

日本語（にほんご）は おもしろいです。

重點提示

1. 日本語（にほんご）は　おもしろいです。
2. アメリカの車（くるま）は　高（たか）くないです。
3. 元気大学（げんきだいがく）は　いい学校（がっこう）です。
4. 台湾料理（たいわんりょうり）は　おいしいです。そして、安（やす）いです。

イ形容詞時態整理表：

	現在、未來（非過去）式	過去式
肯定	～いです	～かったです
否定	～くないです ～くありません	～くなかったです ～くありませんでした

文型 I MP3 ◎ 39

日本語(にほんご)は　<u>おもしろいです</u>。

元気大学(げんきだいがく)は　いいです。

日本語(にほんご)は　易(やさ)しいです。

春(はる)は　暖(あたた)かいです。

ケーキは　おいしかったです。

昨日(きのう)のテストは　易(やさ)しかったです。

このかばんは　安(やす)かったです。

1. おもしろい [4]	面白い	イ形	有趣的，有意思的
2. いい（よい）[1]		イ形	好的
3. やさしい [3] [0]	易しい	イ形	容易的
4. はる [1]	春	名	春天，春季
5. あたたかい [4]	暖かい、温かい	イ形	溫暖的，溫熱的
6. ケーキ [1]	cake	名	蛋糕
7. おいしい [3] [0]	美味しい	イ形	好吃的，美味的
8. やすい [2]	安い	イ形	便宜的

文型 I　練習

（請以問答的形式，進行口語練習及代換練習。）

1. 日本語(にほんご)は　おもしろいですか。

　→　はい、おもしろいです。

2. A：勉強(べんきょう)は　楽(たの)しいですか。

　B：はい、楽(たの)しいです。

　① 部活(ぶかつ)、おもしろい、おもしろい

　② 食堂(しょくどう)の食(た)べ物(もの)、おいしい、おいしい

3. 大学(だいがく)の生活(せいかつ)は　どうですか。

　→　大学(だいがく)の生活(せいかつ)は　忙(いそが)しいです。

4. A：昨日(きのう)のテストは　どうでしたか。

　B：難(むずか)しかったです。

　① パーティー、おもしろかったです

　② 天気(てんき)、よかったです

語彙

9. たのしい [3]	楽しい	イ形	高興的，愉快的
10. たべもの [3] [2]	食べ物	名	食物
11. せいかつ [0]	生活	名	生活
12. いそがしい [4]	忙しい	イ形	忙碌的
13. どう [1]		副	如何，怎麼樣
14. むずかしい [4] [0]	難しい	イ形	困難的
15. てんき [1]	天気	名	天氣

文型 II MP3 40

アメリカの車(くるま)は　<u>高(たか)くないです</u>。

今日(きょう)は　暑(あつ)くないです。

日本語(にほんご)は　難(むずか)しくないです。

陽明山(ようめいざん)は　高(たか)くないです。

パーティーは　おもしろくなかったです。

携帯(けいたい)は　安(やす)くなかったです。

冬(ふゆ)は　寒(さむ)くなかったです。

16. たかい 2	高い	イ形	高的，貴的
17. あつい 2	暑い、熱い	イ形	炙熱的，燙的
18. ようめいざん 3	陽明山	名	陽明山
19. ふゆ 2	冬	名	冬天，冬季
20. さむい 2	寒い	イ形	寒冷的

文型 II　練習

（請以問答的形式進行口語練習。）

1. 食堂の食べ物は　どうですか。

　→　（食堂の食べ物は）おいしくないです。

2. A：あなたの部屋は　<u>大きい</u>ですか。

　B：いいえ、<u>大きくない</u>です。

　A：そうですか。新しいですか。

　B：いいえ、新しくないです。

　① 小さい、小さくない

　② 寒い、寒くない

3. おとといのテストは　どうでしたか。

　→　あまり　難しくなかったです。

4. A：その<u>パソコン</u>は　高かったですか。

　B：いいえ、高くなかったです。

　A：いいですか。

　B：いいえ、あまり　よくないです。

　① 携帯

　② 車

語彙

21. おおきい ③	大きい	イ形	大的
22. あたらしい ④	新しい	イ形	新的
23. ちいさい ③	小さい	イ形	小的
24. ふるい ②	古い	イ形	舊的，老的
25. あまり ⓪		副	不太～（接續否定句型）

文型III MP3 ◎ 41

元気大学（げんきだいがく）は　いい学校（がっこう）です。

日本語（にほんご）は　おもしろい言葉（ことば）です。

陽明山（ようめいざん）は　低（ひく）い山（やま）です。

先輩（せんぱい）は　明（あか）るい人（ひと）です。

秋（あき）は　涼（すず）しい季節（きせつ）です。

黒（くろ）い傘（かさ）は　わたしのです。

冷（つめ）たいビールは　おいしいです。

語彙

26. ことば 3	言葉	名	語言
27. ひくい 2	低い	イ形	矮的，低的
28. やま 2	山	名	山
29. あかるい 0 3	明るい	イ形	明亮的，開朗的
30. ひと 0	人	名	人
31. あき 1	秋	名	秋天，秋季
32. すずしい 3	涼しい	イ形	涼爽的
33. きせつ 1 2	季節	名	季節
34. くろい 2	黒い	イ形	黑色的
35. つめたい 0 3	冷たい	イ形	冰涼的
36. ビール 1	（荷）bier	名	啤酒

文型III　練習

（請以問答的形式進行口語練習及代換練習。）

1. 先生（せんせい）は　どんな人（ひと）ですか。

　→　とても　おもしろい人（ひと）です。

2. A：台湾（たいわん）は　どんな国（くに）ですか。

　B：小（ち）さい国（くに）です。

　A：そうですか。じゃ、アメリカは　どうですか。

　B：アメリカは　とても　大（おお）きいです。

　① 日本（にほん）、寒（さむ）い、台湾（たいわん）、台湾（たいわん）、暑（あつ）い

　② 中国（ちゅうごく）、古（ふる）い、アメリカ、アメリカ、新（あたら）しい

3. A：その白（しろ）いシャツは　いいですね。あなたのですか。

　B：はい、そうです。わたしのです。

　A：それは　新（あたら）しいシャツですか。

　B：いいえ、新（あたら）しいシャツじゃ　ありません。古（ふる）いです。

　① 車（くるま）、車（くるま）、車（くるま）

　② 靴（くつ）、靴（くつ）、靴（くつ）

4. A：昨日（きのう）は　忙（いそが）しい一日（いちにち）でしたね。

　B：はい。

　A：今日（きょう）も　忙（いそが）しいですか。

　B：いいえ、今日（きょう）は　忙（いそが）しくないです。

　① 明日（あした）、明日（あした）

　② あさって、あさって

ね：表「確認」的語尾助詞

語彙

37. どんな 1		連體	怎樣的
38. くに 0	国	名	國家
39. とても 0		副	非常，很
40. しろい 2	白い	イ形	白色的
41. あさって 2	明後日	名	後天

文型IV MP3 ◎ 42

台湾料理(たいわんりょうり)は　おいしいです。
そして、安(やす)いです。

元気大学(げんきだいがく)は　新(あたら)しいです。そして、いい学校(がっこう)です。

大学(だいがく)の勉強(べんきょう)は　おもしろいです。そして、楽(たの)しいです。

彼(かれ)は　いい人(ひと)です。そして、明(あか)るいです。

このパソコンは　新(あたら)しいです。そして、安(やす)いです。

食堂(しょくどう)の料理(りょうり)は　おいしくないです。そして、高(たか)いです。

わたしの部屋(へや)は　暗(くら)いです。そして、小(ちい)さいです。

42. りょうり 1	料理	名	菜色，飯菜
43. そして 0		接續	而且，又（句子接續）
44. くらい 0	暗い	イ形	暗的

文型IV　練習

（請以問答的形式進行口語練習。）

1. 元気大学(げんきだいがく)は　どんな学校(がっこう)ですか。

　→　とても　いい学校(がっこう)です。そして、大(おお)きいです。

2. A：学校(がっこう)の寮(りょう)は　どうですか。

　B：新(あたら)しいです。

　A：寮費(りょうひ)は　高(たか)いですか、安(やす)いですか。

　B：安(やす)いです。

　A：そうですか。

　　学校(がっこう)の寮(りょう)は　新(あたら)しいです。そして、安(やす)いです。

　B：はい、そうです。

　① 大(おお)きい、大(おお)きい

　② 明(あか)るい、明(あか)るい

3. この料理(りょうり)は　おいしいですか。

　→　いいえ、あまり　おいしくないです。そして、高(たか)いです。

4. A：日本(にほん)の車(くるま)は　いいですか。

　B：ええ、とても　いいですよ。そして、あまり　高(たか)くないです。

　① 時計(とけい)

　② パソコン

45. りょうひ 1　　寮費　　名　　住宿費

會話本文 MP3 43

図書館(としょかん)の建物(たてもの)は　高(たか)いですね。

阿部(あべ)：王(おう)さん、あの建物(たてもの)は　何(なん)ですか。

王(おう)　：あれは　図書館(としょかん)です。

阿部(あべ)：図書館(としょかん)の建物(たてもの)は　高(たか)いですね。新(あたら)しいですか。

王(おう)　：はい、新(あたら)しいです。そして、明(あか)るいです。

阿部(あべ)：教室(きょうしつ)も　新(あたら)しいですか。

王(おう)　：いいえ、教室(きょうしつ)は　新(あたら)しくないです。

　　　阿部(あべ)さんの教室(きょうしつ)は　どうですか。

阿部(あべ)：古(ふる)いです。そして、暗(くら)いです。

王(おう)　：そうですか。

會話代換練習

（請將① ②的語彙，套入____內，進行口語練習。）

〈I〉

阿部：王さん、あの建物は　何ですか。

王　：あれは　図書館です。

阿部：あの図書館は　大きいですね。新しいですか。

王　：はい、あの図書館は　新しいです。そして、明るいです。

① 本屋、本屋、安い、本屋、安い

② 食堂、食堂、おいしい、食堂、おいしい

〈II〉

阿部：元気大学は　古いですか。

王　：いいえ、元気大学は　古くないです。あなたの大学は　どうですか。

阿部：古いです。

王　：そうですか。

① 大きい、大きくない、大きい

② 新しい、新しくない、新しい

學習總複習 MP3 ◎ 44

1. 聽寫練習

（請依照MP3播放的內容，寫出正確的答案。）

① ________________________________

② ________________________________

③ ________________________________

④ ________________________________

⑤ ________________________________

2. 寫出下列形容詞之相反詞

① 寒（さむ）い　（　　　　　　　　）

② 高（たか）い　（　　　　　　　　）（　　　　　　　　）

③ 古（ふる）い　（　　　　　　　　）

④ 明（あか）るい　（　　　　　　　　）

3. 請完成下表

	非過去式肯定	非過去式否定	過去式肯定	過去式否定
大きい				
暖かい				
おいしい				
いい				
おもしろい				

4. 填空

（請填入適當的疑問代名詞、助詞、接續詞等，不須填入任何語彙的空格請打×。）

① 大学の生活は　（　　　　　）ですか。

……大学の生活は　忙しいです。

② 冷たい（　　　　　）ビールは　おいしいです。

③ 日本語の先生は　（　　　　　）人ですか。

……とても　おもしろい人です。

④ 大学の勉強は　おもしろいです。（　　　　　）、楽しいです。

⑤ 黒い（　　　　　）傘は　わたし（　　　　　）です。

⑥ 学校の寮（　　　　　）　新しいです。そして、安いです。

5. 文法練習

（下列句子，文法正確的請填入〇，錯誤的請填入×，並請更正錯誤處。）

①（　　）このりんごは　おいしいです。________

②（　　）昨日(きのう)は　暑(あつ)いでした。________

③（　　）富士山(ふじさん)は　高(たか)い山(やま)です。________

富士山(ふじさん)：日本第一高峯

④（　　）日本語(にほんご)は　あまり　難(むずか)しいです。________

⑤（　　）去年(きょねん)の冬(ふゆ)は　寒(さむ)いじゃ　ありませんでした。________

⑥（　　）昨日(きのう)の天気(てんき)は　よかったですか。________

⑦（　　）食堂(しょくどう)の食(た)べ物(もの)は　どんなですか。________

⑧（　　）これは　新(あたら)しいシャツじゃ　ありません。________

6. 翻譯練習(1)

① 日本語(にほんご)は　おもしろいです。そして　易(やさ)しいです。

____

② あの美術館(びじゅつかん)は　古(ふる)いです。

____

③ このおいしい食(た)べ物(もの)は　なんですか。

____

④ 昨日(きのう)のテストは　あまり　難(むずか)しくなかったです。

____

7. 翻譯練習(2)

① 日本的電視很便宜。

____

② 我的房間不太大。

____

③ 這是我的新鞋子。

____

④ 昨天的天氣不好。

____

⑤ 那本日語的雜誌很有趣。

____

豆知識

日本のお金　日本的錢幣

日本的「**お金**」（錢）可分紙幣和硬幣。硬幣有「**500円**」、「**100円**」、「**50円**」、「**10円**」、「**5円**」和「**1円**」。

紙幣可分「**10000円**」、「**5000円**」和「**2000円**」、「**1000円**」四種，因販賣機不對應二千日圓紙鈔，所以難得一見。

「**10000円**」正反面是「**福澤諭吉**」（1835～1901）和「**平等院**」的「**鳳凰**」像。「**福澤諭吉**」乃明治六大教育家之一，「**慶應義塾大学**」就是由他創辦。「**平等院**」則是京都國寶級的寺院。

在「**5000円**」正面登場的「**樋口一葉**」（1872～1896），這是日本銀行發行的紙鈔中，首位女性的圖案。反面為「**尾形光琳**」（1835～1901）所繪製的「**カキツバタ**」（鳶尾花）。「**樋口一葉**」是日本知名小說家，「**尾形光琳**」則是江戶時代的名畫家、工藝家。

「**1000円**」正面為「**野口英世**」（1876～1928），背面是「**逆さ富士と桜**」（富士山倒影與櫻花）。「**野口英世**」是日本代表性的細菌學家，以研究黃熱病和梅毒聞名。

第八課（だいはっか）

桜（さくら）は　きれいです。

重點提示

1. 桜（さくら）は　きれいです。
2. 花蓮（かれん）は　にぎやかじゃ　ありません。
3. 台北（タイペイ）は　便利（べんり）な都市（とし）です。
4. 勉強（べんきょう）は　たいへんですが、楽（たの）しいです。

ナ形容詞時態整理：

	現在、未來（非過去）式	過去式
肯定	〜です	〜でした
否定	〜じゃ　ありません 〜では　ありません	〜じゃ　ありませんでした 〜では　ありませんでした

文型 I MP3 ◎ 46

桜（さくら）は　きれいです。

元気大学（げんきだいがく）は　有名（ゆうめい）です。

図書館（としょかん）は　静（しず）かです。

日本語（にほんご）は　簡単（かんたん）です。

先輩（せんぱい）の彼女（かのじょ）は　きれいです。

仕事（しごと）は　たいへんでした。

昨日（きのう）　わたしは　暇（ひま）でした。

1. さくら 0	桜	名	櫻花
2. きれい〔な〕1	綺麗〔な〕	ナ形	漂亮（的），整潔（的）
3. ゆうめい〔な〕0	有名〔な〕	ナ形 名	有名（的）
4. しずか〔な〕1	静か〔な〕	ナ形	安靜（的）
5. かんたん〔な〕0	簡単〔な〕	ナ形 名	簡單（的）
6. しごと 0	仕事	名	工作
7. たいへん〔な〕0	大変〔な〕	ナ形 名 副	非常，不容易（的），辛苦（的）
8. ひま〔な〕0	暇〔な〕	ナ形 名	空閒（的）

文型 I　練習

（請以問答的形式，進行口語練習及代換練習。）

1. 大学(だいがく)の勉強(べんきょう)は　簡単(かんたん)ですか。

　→　はい、簡単(かんたん)です。

2. お父(とう)さんは　お元気(げんき)ですか。

　→　おかげさまで、元気(げんき)です。

お父(とう)さん：父親

3. 毎日(まいにち)　忙(いそが)しいですか。

　→　いいえ、土曜日(どようび)と日曜日(にちようび)は　暇(ひま)です。

4. 日本(にほん)の車(くるま)は　どうですか。

　→　とても　有名(ゆうめい)です。

　① 時計(とけい)、きれい

　② デジカメ、便利(べんり)

5. 昨日(きのう)のパーティーは　どうでしたか。

　→　にぎやかでした。

　① テスト、簡単(かんたん)

　② 部活(ぶかつ)、たいへん

9. おかげさまで [0]			託您的福
10. げんき〔な〕[1]	元気〔な〕	ナ形 名	有精神（的）
11. にぎやか〔な〕[2]	賑やか〔な〕		熱鬧（的）

文型 II MP3 47

花蓮（かれん）は　<u>にぎやかじゃ</u>　<u>ありません</u>。

田舎（いなか）は　便利（べんり）じゃ　ありません。

彼（かれ）は　ハンサムじゃ　ありません。

明日（あした）　わたしは　暇（ひま）じゃ　ありません。

このかばんは　丈夫（じょうぶ）じゃ　ありません。

昨日（きのう）　林（りん）さんは　元気（げんき）じゃ　ありませんでした。

パーティーは　にぎやかじゃ　ありませんでした。

12. かれん 1	花蓮	名	花蓮
13. いなか 0	田舎	名	鄉下，故鄉
14. べんり〔な〕1	便利〔な〕	ナ形 名	方便（的）
15. ハンサム〔な〕1	handsome〔な〕	ナ形	英俊（的）
16. じょうぶ〔な〕0	丈夫〔な〕	ナ形	健康（的），堅固（的）

文型II　練習

（請以問答的形式進行口語練習及代換練習。）

1. 田舎(いなか)の交通(こうつう)は　便利(べんり)ですか。

   → いいえ、便利(べんり)じゃ　ありません。

2. この町(まち)は　静(しず)かですか。

   → いいえ、静(しず)かじゃ　ありません。にぎやかです。

3. 学校(がっこう)の<u>制服(せいふく)</u>は　派手(はで)ですか。

   → いいえ、派手(はで)じゃ　ありません。地味(じみ)です。

   ① パーティー

   ② 会議室(かいぎしつ)

4. A：明日(あした)　暇(ひま)ですか。

   B：いいえ、暇(ひま)じゃ　ありません。<u>授業(じゅぎょう)</u>が　あります。

   A：そうですか。<u>簡単(かんたん)</u>ですか。

   B：いいえ、あまり　<u>簡単(かんたん)</u>じゃ　ありません。

   ① 部活(ぶかつ)、たいへん、たいへん

   ② 仕事(しごと)、簡単(かんたん)、簡単(かんたん)

> ありますː（事、物的）有

17. こうつう 0	交通	名	交通
18. まち 2	町	名	城鎮
19. せいふく 0	制服	名	制服
20. はで〔な〕2	派手〔な〕	ナ形 名	華麗（的），闊氣（的）
21. じみ〔な〕2	地味〔な〕	ナ形 名	樸素（的），樸實（的）

文型III MP3 ◎ 48

台北(タイペイ)は　便利(べんり)な都市(とし)です。

元気大学(げんきだいがく)は　有名(ゆうめい)な学校(がっこう)です。

阿部(あべ)さんは　親切(しんせつ)な人(ひと)です。

彼(かれ)は　真面目(まじめ)な性格(せいかく)です。

台北１０１(タイペイいちまるいち)ビルは　立派(りっぱ)な建物(たてもの)です。

花蓮(かれん)は　にぎやかな所(ところ)じゃ　ありません。

わたしは　派手(はで)な人(ひと)じゃ　ありません。

22. とし [1]	都市	名	都市，城市
23. しんせつ〔な〕[1]	親切〔な〕	ナ形 名	親切（的），熱心（的）
24. まじめ〔な〕[0]	真面目〔な〕	ナ形 名	認真（的）
25. せいかく [0]	性格	名	性格
26. タイペイいちまるいちビル [11]	台北101ビル	名	台北101大樓
27. りっぱ〔な〕[0]	立派〔な〕	ナ形	很棒（的），宏偉（的）
28. ところ [0]	所	名	地方

文型III　練習

（請以問答的形式進行口語練習及代換練習。）

1. それは　何(なん)の料理(りょうり)ですか。

　→　オムレツです。とても　簡単(かんたん)な料理(りょうり)です。

2. そのかばんは　丈夫(じょうぶ)ですか。

　→　いいえ、丈夫(じょうぶ)なかばんじゃ　ありません。

3. 「台(たい)プラ」は　有名(ゆうめい)な会社(かいしゃ)ですか。

　→　はい、「台(たい)プラ」は　とても　有名(ゆうめい)な会社(かいしゃ)です。

4. A：新(あたら)しい仕事(しごと)は　どうですか。

　B：それは　たいへんな仕事(しごと)です。そして　難(むずか)しいです。

　① 簡単(かんたん)、おもしろい

　② 暇(ひま)、易(やさ)しい

5. 王(おう)：美和(みわ)さんは　どんな人(ひと)ですか。

　張(ちょう)：とても　きれいな人(ひと)です。

　王(おう)：そうですか。じゃ、阿部(あべ)さんは。

　張(ちょう)：真面目(まじめ)な人(ひと)です。そして　優(やさ)しいです。

　① 先輩(せんぱい)の彼女(かのじょ)、先輩(せんぱい)

　② 林先生(りんせんせい)、谷口先生(たにぐちせんせい)

29. オムレツ 0	（法）omelette	名	法式煎蛋
30. たいプラ 0	台湾プラスチック的略稱	名	台塑公司
31. やさしい 0 3	優しい	イ形	溫柔的，體貼的

文型IV MP3 ◎ 49

勉強（べんきょう）は　たいへんですが、楽（たの）しいです。

田舎（いなか）は　静（しず）かですが、不便（ふべん）です。

その洋服（ようふく）は　地味（じみ）ですが、すてきです。

元気大学（げんきだいがく）は　有名（ゆうめい）な学校（がっこう）ですが、交通（こうつう）は　不便（ふべん）です。

これは　面倒（めんどう）な仕事（しごと）ですが、おもしろいです。

この携帯（けいたい）は　便利（べんり）ですが、安（やす）くないです。

彼（かれ）は　親切（しんせつ）な人（ひと）ですが、ハンサムじゃ　ありません。

32. が		接續	但是（句子接續）
33. ふべん〔な〕1	不便〔な〕	ナ形 名	不方便（的）
34. ようふく 0	洋服	名	西服，洋裝
35. すてき〔な〕0	素敵〔な〕	ナ形	很好（的）
36. めんどう〔な〕3	面倒〔な〕	ナ形 名	麻煩（的），費事（的）

文型IV　練習

（請以問答的形式進行口語練習及代換練習。）

1. 学校の寮は　どうですか。

　→　静かですが、ちょっと　小さいです。

2. A：先生は　どんな人ですか。

　B：親切ですが、ハンサムな人じゃ　ありません。

　① 彼女、優しい、きれい

　② お父さん、真面目、丈夫

3. 日本料理は　どうですか。

　→　高いですが、とても　きれいな料理です。

　① フランス料理、有名な

　② 握り寿司、おいしい

4. 先輩：平成大学は　どんな学校ですか。

　阿部：きれいな学校です。そして　新しいです。

　先輩：そうですか。

　阿部：元気大学は　どうですか。

　先輩：元気大学は　小さいですが、有名な学校です。

37. フランス 0	France	名	法國
38. にぎりずし 3	握り寿司	名	握壽司

會話本文 MP3 ◎ 50

パーティーは　にぎやかでした。

張（ちょう）　：美和（みわ）さん、留学生（りゅうがくせい）のパーティーは　どうでしたか。

美和（みわ）：楽（たの）しかったです。

とても　にぎやかなパーティーでした。

張（ちょう）　：留学生（りゅうがくせい）のパーティーは　とても　有名（ゆうめい）ですよね。

美和（みわ）：ええ、それに　皆（みな）さんの着物（きもの）は　とても　きれいでした。

張（ちょう）　：平成大学（へいせいだいがく）のパーティーは　どうですか。

美和（みわ）：あまり　有名（ゆうめい）なパーティーじゃ　ありません。

とても　静（しず）かなパーティーです。

語彙

39. それに 0		接續	而且
40. きもの 0	着物	名	和服，衣服
41. みな 2	皆	名	大家

會話代換練習

（請將① ②的語彙，套入____內，進行口語練習。）

〈I〉

張（ちょう）：美和（みわ）さん、昨日（きのう）のパーティーは　どうでしたか。

美和（みわ）：楽（たの）しかったです。そして　にぎやかでした。

張（ちょう）：そうですか。

① 部活（ぶかつ）、忙（いそが）しかったです、たいへんでした

② 忘年会（ぼうねんかい）、よかったです、にぎやかでした

〈II〉

張（ちょう）：平成大学（へいせいだいがく）のパーティーは　どうですか。

美和（みわ）：あまり　有名（ゆうめい）じゃ　ありません。

とても　静（しず）かなパーティーです。

① 食堂（しょくどう）、きれい、地味（じみ）な食堂（しょくどう）

② クラス、静（しず）か、元気（げんき）なクラス

42. ぼうねんかい [3]　忘年会　名　忘年會，尾牙

學習總複習 MP3 ◎ 51

1. 聽寫練習

（請依照MP3播放的內容，寫出正確的答案。）

① ________________________________

② ________________________________

③ ________________________________

④ ________________________________

⑤ ________________________________

2. 請完成下表

	非過去式肯定	非過去式否定	過去式肯定	過去式否定
派手（はで）				
便利（べんり）				
暇（ひま）				
きれい				
簡単（かんたん）				

3. 寫出下列形容詞之相反詞

① にぎやか　（　　　　　　　）

② 地味（じみ）　（　　　　　　　）

③ 便利（べんり）　（　　　　　　　）

④ 暇（ひま）　（　　　　　　　）

4. 造句

（利用「～は～です」的句型造句。）

① 谷口先生（たにぐちせんせい） / ハンサム

____

② 陽明山（ようめいざん）の桜（さくら） / きれい

____

③ 忘年会（ぼうねんかい） / にぎやか

____

④ この仕事（しごと） / 面倒（めんどう）

____

5. 文法練習

（下列句子，文法正確的請於（　）填入○，錯誤的請於（　）填入×，並請於____更正錯誤處。）

①（　　）この着物は　きれいくないです。________

②（　　）おとといは　暇です。________

③（　　）東京大学は　有名学校です。________

④（　　）美術館は　立派の建物です。________

⑤（　　）日本語の　先生は　元気なです。________

⑥（　　）田中さんは　親切な人です。________

⑦（　　）昨日　林さんは　元気じゃ　ありません。________

⑧（　　）彼は　真面目な性格じゃ　ありません。________

⑨（　　）田舎は　静かです。そして、不便です。________

⑩（　　）阿部さんは　真面目の人です。そして　優しいです。________

⑪（　　）日本料理は　高いですが、とても　きれいな料理です。________

6. 問答題

（可依個人實際狀況回答。）

① 台北の交通は　便利ですか。

____

② 学校の　トイレは　きれいですか。

____

③ 日本語(にほんご)の先生(せんせい)は　どんな人(ひと)ですか。

____

④ 日曜日(にちようび)は　暇(ひま)ですか。

____

⑤ 日本(にほん)は　どうですか。

____

7. 翻譯練習

（請將以下中文句子翻譯成日文。）

① 花蓮不太熱鬧。

____

② 元氣大學雖然是個小學校，但是很有名。

____

③ 他是個認真的人。

____

④ 台北101大樓是棟宏偉的建築物。

____

お花見（はなみ）　賞花

相傳「お花見（はなみ）」起源自奈良時代的貴族活動。原本是模仿中國的賞梅，到了平安時代，變成了賞櫻，現在則可說是日本的全民活動！

各地區櫻花的開花預測日期，是由日本氣象廳在三月發表，將所有相同日期的預測地點連成一線，就成為了我們常聽到的「**桜前線**（さくらぜんせん）」（櫻花前線）。不過「**桜前線**（さくらぜんせん）」主要是以「**ソメイヨシノ**」（「**染井吉野**（そめいよしの）」俗稱「**吉野桜**（よしのざくら）」）為預測對象，所以不同種類的櫻花，開花日期會有所不同。

有別於白天的「**お花見**（はなみ）」，「**夜桜**（よざくら）」別具風雅，「**上野公園**（うえのこうえん）」或是「**隅田川**（すみだがわ）」附近，就特地設置了夜間賞櫻的場地，每到晚上都會聚集很多人，前來觀賞櫻花與夜光交織出的另類美景。

此外，「**桜吹雪**（さくらふぶき）」也堪稱一絕，如字面上的意思，櫻花的花瓣如雪花般的飄落，帶著淺粉紅色的浪漫，和若有似無的淒美，不知迷煞多少文人雅士。當櫻花全部掉落之後，「**葉桜**（はざくら）」隨之登場，此時樹上只有新萌的綠葉，意味著新的季節即將到來。

「**お花見**（はなみ）」除了享受美景之外，當然美食也是不可或缺的。俚語「**花**（はな）**より団子**（だんご）」，就是由此而生，意味著與其看著抽象的美景，不如吃得到的丸子來得實際！

第九課（だいきゅうか）

Ｅ（イー）メールを書（か）きます。

重點提示

1. E（イー）メールを　書（か）きます。

2. わたしは　英語（えいご）の新聞（しんぶん）を　読（よ）みません。

3. マクドナルドで　ハンバーガーを　食（た）べました。

4. 今晩（こんばん）　宿題（しゅくだい）を　します。それから、テレビを見（み）ます。

動詞的時態整理表：

	現在、未來、習慣（非過去）式	過去式
肯定	～ます	～ました
否定	～ません	～ませんでした

文型 I MP3 53

Eメール（イー）を　書（か）きます。

わたしは　日本語（にほんご）を　勉強（べんきょう）します。

毎朝（まいあさ）　新聞（しんぶん）を　読（よ）みます。

勉強（べんきょう）します：學習、用功

今晩（こんばん）　宿題（しゅくだい）を　します。

昨日（きのう）　テレビを　見（み）ました。

朝（あさ）　サンドイッチとサラダを　食（た）べました。

日曜日（にちようび）　英語（えいご）を　勉強（べんきょう）しました。

1. イーメール 3	Email	名	電子郵件
2. を		格助	表示動作作用所及的人或物或事
3. かきます 3	書きます	動	寫，畫
4. まいあさ 1 0	毎朝	名	每天早晨
5. よみます 3	読みます	動	閱讀，唸
6. こんばん 1	今晩	名	今天晚上
7. しゅくだい 0	宿題	名	作業
8. します 2	します	動	做
9. みます 2	見ます	動	看
10. サンドイッチ 4	sandwich	名	三明治
11. サラダ 1	salad	名	沙拉
12. たべます 3	食べます	動	吃

文型Ⅰ　練習

（請以問答的形式，進行口語練習及代換練習。）

1. 毎日（まいにち）　日本語（にほんご）を　勉強（べんきょう）しますか。

→　はい、わたしは　毎日（まいにち）　日本語（にほんご）を　勉強（べんきょう）します。

2. 日曜日（にちようび）　映画（えいが）を　見（み）ましたか。

→　はい、日本（にほん）の映画（えいが）を　見（み）ました。とても　おもしろかったです。

3. A：昨日（きのう）　レポートを　書（か）きましたか。

B：はい、書（か）きました。

A：じゃ、今晩（こんばん）は。

B：今晩（こんばん）　わたしは　英語（えいご）を　勉強（べんきょう）します。

① 手紙（てがみ）、会計学（かいけいがく）

② 作文（さくぶん）、漢字（かんじ）

4. A：昼（ひる）ごはんは　ラーメンですか。

B：はい、ラーメンは　おいしいですから、よく　食（た）べます。

① お弁当（べんとう）、お弁当（べんとう）

② おにぎり、おにぎり

語彙

13. まいにち ①⓪	毎日	名	每天
14. えいが ①⓪	映画	名	電影
15. レポート ②	report	名	報告
16. てがみ ⓪	手紙	名	信，信件
17. さくぶん ⓪	作文	名	作文
18. かんじ ⓪	漢字	名	漢字
19. ひるごはん ③	昼ご飯	名	午餐
20. ラーメン ①		名	拉麵
21. から		接續	因為～所以（因果關係接續詞）
22. よく ①		副	時常，非常
23. おべんとう ⓪	お弁当	名	便當
24. おにぎり ②	お握り	名	飯糰

文型 II MP3 54

わたしは　英語(えいご)の新聞(しんぶん)を　読(よ)みません。

弟(おとうと)は　にんじんを　食(た)べません。

わたしは　土曜日(どようび)と日曜日(にちようび)　勉強(べんきょう)しません。

王(おう)さんは　日本語(にほんご)の歌(うた)を　聞(き)きません。

昨日(きのう)　宿題(しゅくだい)を　しませんでした。

今朝(けさ)　コーヒーを　飲(の)みませんでした。

昨日(きのう)の夜(よる)　テレビを　見(み)ませんでした。

語彙

25. おとうと 4	弟	名	弟弟
26. にんじん 0	人参	名	紅蘿蔔
27. うた 2	歌	名	歌曲
28. ききます 3	聞きます	動	聽
29. のみます 3	飲みます	動	喝

文型Ⅱ　練習

（請以問答的形式進行口語練習及代換練習。）

1. 今晩(こんばん)　映画(えいが)を　見(み)ますか。

   → いいえ、今晩(こんばん)　映画(えいが)を　見(み)ません。宿題(しゅくだい)を　します。

2. 今日(きょう)　新聞(しんぶん)を　読(よ)みましたか。

   → いいえ、今日(きょう)　新聞(しんぶん)を　読(よ)みませんでした。

   テレビのニュースを　見(み)ましたから。

3. A：刺身(さしみ)を　食(た)べますか。

   B：いいえ、わたしは　刺身(さしみ)を　食(た)べません。あなたは　食(た)べますか。

   A：わたしも　食(た)べません。

   ① 日本料理(にほんりょうり)、日本料理(にほんりょうり)

   ② 納豆(なっとう)、納豆(なっとう)

4. A：昨日(きのう)の夜(よる)　何(なに)を　しましたか。

   B：日本語(にほんご)の歌(うた)を　聞(き)きました。あなたは。

   A：わたしは　何(なに)も　しませんでした。

   ① 音楽(おんがく)

   ② ラジオの放送(ほうそう)

語彙

30. ニュース 1	news	名	新聞
31. さしみ 3	刺身	名	生魚片
32. なっとう 3	納豆	名	納豆
33. なに 1	何	疑代	什麼
34. も		副助	都，也，全部（接於疑問代名詞之下，表示全部）
35. おんがく 1	音楽	名	音樂
36. ラジオ 1	radio	名	收音機
37. ほうそう〔します〕0	放送〔します〕	名 動	廣播，播音

文型III MP3 55

マクドナルドで　ハンバーガーを　食(た)べました。

毎日(まいにち)　図書館(としょかん)で　宿題(しゅくだい)を　します。

学校(がっこう)で　英語(えいご)の勉強(べんきょう)を　します。

学校(がっこう)の食堂(しょくどう)で　昼(ひる)ごはんを　食(た)べます。

コンビニで　パンと牛乳(ぎゅうにゅう)を　買(か)いました。

おととい　体育館(たいいくかん)で　テニスを　しました。

先生(せんせい)の研究室(けんきゅうしつ)で　ミーティングを　しました。

語彙

38. マクドナルド 5	McDonald's	名	麥當勞（商店名）
39. で		格助	提示動作地點
40. ハンバーガー 3	hamburger	名	牛肉漢堡
41. パン 1	（葡）pão	名	麵包
42. ぎゅうにゅう 0	牛乳	名	牛奶
43. かいます 3	買います	動	購買
44. テニス 1	tennis	名	網球
45. けんきゅうしつ 3	研究室	名	研究室
46. ミーティング〔します〕0	meeting〔します〕	名 動	集會，集合，開會

文型III　練習

（請以問答的形式進行口語練習及代換練習。）

1. いつも　教室（きょうしつ）で　お弁当（べんとう）を　食（た）べますか。

　→　はい、そうです。わたしは　いつも　教室（きょうしつ）で　食（た）べます。

2. どこで　そのおにぎりを　買（か）いましたか。

　→　コンビニで　買（か）いました。

　① 時計（とけい）、デパート

　② 果物（くだもの）、スーパー

3. A：部屋（へや）で　何（なに）を　しますか。

　B：わたしは　部屋（へや）で　テレビを　見（み）ます。

　① 図書館（としょかん）、図書館（としょかん）、雑誌（ざっし）を　読（よ）みます。

　② 教室（きょうしつ）、教室（きょうしつ）、昼寝（ひるね）を　します。

4. デパートで　買（か）い物（もの）しますか。

　→　いいえ、デパートは　高（たか）いですから、スーパーで　買（か）い物（もの）します。

47. いつも 1		副	經常，總是
48. くだもの 2	果物	名	水果
49. スーパー 1	supermarket的省略	名	超級市場
50. ひるね〔します〕0	昼寝〔します〕	名 動	午覺，睡午覺
51. かいもの〔します〕0	買い物〔します〕	名 動	購物

文型IV MP3 ◎ 56

今晩（こんばん）　宿題（しゅくだい）を　します。
それから、テレビを　見（み）ます。

朝（あさ）　パンを　食（た）べます。それから、ジュースを　飲（の）みます。

日本語（にほんご）の会話（かいわ）を　練習（れんしゅう）します。それから、ＣＤ（シーディー）を　聞（き）きます。

レポートを　書（か）きます。それから、映画（えいが）を　見（み）ます。

昨日（きのう）　晩（ばん）ごはんを　食（た）べました。それから、お茶（ちゃ）を　飲（の）みました。

教室（きょうしつ）で　Ｅ（イー）メールを　書（か）きました。それから、勉強（べんきょう）しました。

昼休（ひるやす）み　新聞（しんぶん）を　読（よ）みました。それから、すこし　休（やす）みました。

語彙

52. それから 0		接續	接著，然後
53. ジュース 1	juice	名	果汁
54. かいわ 0	会話	名	會話
55. れんしゅう〔します〕0	練習〔します〕	名 動	練習
56. シーディー 3	CD	名	CD
57. おちゃ 0	お茶	名	茶
58. すこし 2	少し	副	稍微，一點點
59. やすみます 4	休みます	動	休息

文型IV　練習

（請以問答的形式進行口語練習及代換練習。）

1. 教室(きょうしつ)で　何(なに)を　しますか。

　→　日本語(にほんご)を　勉強(べんきょう)します。それから、会話(かいわ)の練習(れんしゅう)を　します。

2. A：休(やす)みの日(ひ)　何(なに)を　しましたか。

日(ひ)：日子

　B：<u>掃除(そうじ)しました</u>。それから、<u>買(か)い物(もの)しました</u>。

　A：そうですか。忙(いそが)しかったですね。

　① 勉強(べんきょう)しました。レポートを　書(か)きました。

　② 日本語(にほんご)の宿題(しゅくだい)を　しました。会話(かいわ)のＣＤ(シーディー)を　聞(き)きました。

3. A：今晩(こんばん)　何(なに)を　しますか。

　B：何(なに)も　しません。あなたは。

　A：わたしは　少(すこ)し　休(やす)みます。それから、<u>手紙(てがみ)を　書(か)きます</u>。

　① テレビを　見(み)ます。

　② ごはんを　食(た)べます。

60. そうじ〔します〕⓪　　掃除〔します〕　名 動　掃除，打掃

會話本文 MP3 ◎ 57

よく　日本（にほん）の映画（えいが）を　見（み）ます。

谷口（たにぐち）：昨日（きのう）、学校（がっこう）で　勉強（べんきょう）しましたか。

張（ちょう）　：いいえ、昨日（きのう）　学校（がっこう）は　休（やす）みでした。

谷口（たにぐち）：じゃ、家（うち）で　何（なに）を　しましたか。

張（ちょう）　：雑誌（ざっし）を　読（よ）みました。それから、映画（えいが）を　見（み）ました。

谷口（たにぐち）：どんな映画（えいが）を　見（み）ましたか。

張（ちょう）　：日本（にほん）の映画（えいが）を　見（み）ました。

谷口（たにぐち）：よく　日本（にほん）の映画（えいが）を　見（み）ますか。

張（ちょう）　：ええ、日本（にほん）の映画（えいが）は　とても　おもしろいですから、よく　見（み）ます。
谷口先生（たにぐちせんせい）は。

谷口（たにぐち）：わたしは　あまり　見（み）ませんが、よく　音楽（おんがく）を　聞（き）きます。

張（ちょう）　：どんな音楽（おんがく）ですか。

谷口（たにぐち）：アメリカの音楽（おんがく）です。

會話代換練習

（請將① ②的語彙，套入____內，進行口語練習。）

〈I〉

谷口：昨日、家で　何を　しましたか。

張　：雑誌を　読みました。それから、映画を　見ました。

① Eメールを　書きました、雑誌を　読みました

② 宿題を　しました、テレビを　見ました

〈II〉

谷口：あまり　映画を　見ませんが、よく　音楽を　聞きます。

張　：どんな音楽ですか。

谷口：アメリカの音楽です。

① テレビ、ＣＤ、ＣＤ、日本の歌

② 台湾の番組、ＮＨＫの放送、放送、ニュースの放送

61. ばんぐみ 0	番組	名	節目
62. エヌエイチケイ 6	NHK	名	日本廣播協會

學習總複習 MP3 58

1. 聽寫練習

（請依照MP3播放的內容，寫出正確的答案。）

① ______________________________

② ______________________________

③ ______________________________

④ ______________________________

⑤ ______________________________

2. 請完成下表

（請將以下的動詞正確時態，填入空格內。）

非過去式肯定	非過去式否定	過去式肯定	過去式否定
見ます			
	食べません		
買います			
		聞きました	
			宿題を　しませんでした

3. 看圖造句

① 

美和さん / 音楽 / 聞きます

____

② 

谷口先生 / 部屋 / 手紙 / 書きます

____

③ 

張さん / コーヒーショップ / ジュース / 飲みます

____

④ 

王さん / マクドナルド / ハンバーガー / 食べます

____

⑤ 

林先生 / 昨日 / コンビニ / 新聞と雑誌 / 買いました

____

⑥  

阿部さん / 昨日の夜 / 宿題 / しました / それから / テレビ / 見ました

____

4. 回答問句

（請依括號中的提示，回答問題，並做出適當的時態。）

① 美和さんは　いつも　どこで　昼ごはんを　食べますか。(学校の食堂)

____

② 谷口先生（たにぐちせんせい）は　よく　どこで　何（なに）を　しますか。（体育館（たいいくかん） / テニスを　します）

____

③ 美和（みわ）さんは　今朝（けさ）　何（なに）を　しましたか。

（新聞（しんぶん）を　読（よ）みます / ラジオの放送（ほうそう）を　聞（き）きます）

____

④ 阿部（あべ）さんは　昨日（きのう）　何（なに）を　しましたか。（何（なに）も　しません）

____

⑤ 王（おう）さんは　レポートを　書（か）きました。それから　何（なに）を　しましたか。

（昼寝（ひるね）を　します）

____

5. 填充

（請於〔　　〕中填入適當的疑問代名詞，（　　）中填入適當的助詞。）

① 蘇（そ）さんは　〔　　　〕を　飲（の）みましたか。

……お茶（ちゃ）を　飲（の）みました。

② あの人（ひと）は　コンビニ（　　　）　パン（　　　）買（か）います。

③ 私（わたし）は　昨日（きのう）　何（なに）（　　　）しませんでした。

④ 王（おう）さん（　　　）　毎日（まいにち）　日本語（にほんご）（　　　）勉強（べんきょう）します。

⑤ あなたは　どこ（　　　）　日本語（にほんご）の新聞（しんぶん）を　読（よ）みますか。

⑥ 阿部（あべ）さんは　先生（せんせい）の研究室（けんきゅうしつ）で　〔　　　〕を　しますか。

……ミーティング（　　　）します。

6. 改錯

（請將下列句子中劃線之錯誤處，加以改正。）

私は　毎朝　六時に　起きました。家に　朝ごはんを　食べます。
　　　　　　　　　　①　　　②

起きます：起床

そして、新聞を読みます。九時から十二時まで　学校で　勉強しました。
③　　　　　　　　　　　　　　　　　　　　　　　④

それから、午後　四時から　レストランで　アルバイトを　します。

昨日は　休みです。デパートで　白いな靴を　買います。
　　　　⑤　　　　　　　　　⑥　　　　⑦

その靴は　高かったでした。それから、映画館に　映画を見ました。
　　　　　⑧　　　　　　　　　　　　⑨

その映画は　あまり　おもしろいじゃ　ありません。
　　　　　　　　　　⑩

アルバイト：打工、兼差

＜訂正處＞

① ______________________________

② ______________________________

③ ______________________________

④ ______________________________

⑤ ______________________________

⑥ ______________________________

⑦ ______________________________

⑧ ______________________________

⑨ ______________________________

⑩ ______________________________

豆知識

握り寿司の食べ方
吃握壽司的方法

「**寿司**」可說是日本的代表美食之一，而其中「**握り寿司**」（握壽司）更是深受時下年輕人的喜愛，所以今天我們要研究一下，要怎麼吃才能吃出「**握り寿司**」的美味。

首先，吃「**握り寿司**」到底是用「**手**」還是用「**箸**」（筷子）呢？專家的答案是「兩者皆可」，但若嚴格講究的話，在「**板前**」（壽司師傅）面前吃的時候，應該用「**手**」才是正確的。

要先從哪種「**ネタ**」（壽司上的料）開始吃，想必也是很多人心中的疑問。一般專家會建議先從「**白身**」（白色魚肉）口味較為清淡的開始吃，之後再吃口味重的「**赤身**」（紅色魚肉），如此才能充分享受到每種魚的美妙滋味。例如：「**鯵**」（竹筴魚）→「**鰹**」（鰹魚）→「**鮪**」（鮪魚）→「**いか**」（花枝）→「**貝類**」（貝類）→「**うに**」（海膽）→「**いくら**」（鮭魚卵）→「**巻寿司**」（捲壽司）→「**玉子**」（蛋）等順序。若吃了重口味後，又想回頭吃淡口味的東西，則可以藉由「**ガリ**」（醋薑）、「**コハダ**」（用醋醃製鰶的幼魚）和「**アガリ**」（茶）等來清除嘴裡的味道。

不過專家也表示，這些順序只是一種參考，要真正吃出「**寿司**」的美味，依照自己的口味喜好，才是不二法則。所以只要你喜歡，「トロ」「うに」「トロ」「うに」如此反覆地吃，老闆也不會笑你的啦！

第十課(だいじゅっか)

去年(きょねん)　台湾(たいわん)へ来(き)ました。

重點提示

1. 美和(みわ)さんは　去年(きょねん)　台湾(たいわん)へ　来(き)ました。

2. 林先生(りんせんせい)は　バスで　台北(タイペイ)へ　行(い)きます。

3. お父(とう)さんは　五時(ごじ)に　家(うち)へ　帰(かえ)りました。

4. 先生(せんせい)は　空港(くうこう)へ　友達(ともだち)を　迎(むか)えに　行(い)きました。

文型 I

MP3 ◎ 60

美和(みわ)さんは　去年(きょねん)　台湾(たいわん)へ　来(き)ました。

わたしは　毎日(まいにち)　家(うち)へ　帰(かえ)ります。

日曜日(にちようび)　デパートへ　行(い)きます。

美和(みわ)さん、明日(あした)　学校(がっこう)へ　来(き)ますか。

わたしは　今日(きょう)　図書館(としょかん)へ　行(い)きません。

学生(がくせい)は　土曜日(どようび)と日曜日(にちようび)　学校(がっこう)へ　行(い)きません。

先輩(せんぱい)は　昨日(きのう)　家(うち)へ　帰(かえ)りませんでした。

1. きょねん 1	去年	名	去年
2. へ		格助	提示方向的助詞
3. きます 2	来ます	動	來
4. かえります 4	帰ります	動	回去，回來
5. いきます 3	行きます	動	去

文型Ⅰ　練習

（請以問答的形式，進行口語練習及代換練習。）

1. 毎日　学校へ　行きますか。

　→　いいえ、私は　土曜日と日曜日　学校へ　行きません。

　　月曜日から　金曜日まで　学校へ　行きます。

2. 昨日の晩　どこへ　行きましたか。

　→　友達の家へ　行きました。

3. A：お家は　どこですか。

　B：台北です。

　A：毎日　帰りますか。

　B：いいえ、土曜日　家へ　帰ります。

4. A：明日　どこへ　行きますか。

　B：どこ（へ）も　行きません。家で　勉強します。

　A：そうですか。わたしは　遊園地へ　行きます。

　B：いいですね。

　① レポートを　書きます、プール

　② 掃除します、デパート

6. ともだち [0]	友達	名	朋友
7. ゆうえんち [3]	遊園地	名	遊樂園
8. プール [1]	swimming pool的省略	名	游泳池

文型 II MP3 ◎ 61

林先生(りんせんせい)は　バスで　台北(タイペイ)へ　行(い)きます。

わたしは　自転車(じてんしゃ)で　スーパーへ　行(い)きます。

美和(みわ)さんは　電車(でんしゃ)で　家(うち)へ　帰(かえ)ります。

先輩(せんぱい)は　来週(らいしゅう)　台湾新幹線(たいわんしんかんせん)で　高雄(たかお)の家(うち)へ　帰(かえ)ります。

お父(とう)さんは　自動車(じどうしゃ)で　会社(かいしゃ)へ　行(い)きました。

> 来週(らいしゅう)：下週

今日(きょう)　わたしは　バスで　学校(がっこう)へ　来(き)ました。

わたしは　昨日(きのう)　タクシーで　家(うち)へ　帰(かえ)りました。

9. バス [1]	bus	名	公車
10. で		格助	提示手段的助詞
11. じてんしゃ [2][0]	自転車	名	腳踏車
12. でんしゃ [1][0]	電車	名	電車，火車
13. たいわんしんかんせん [7]	台湾新幹線	名	台灣高鐵
14. たかお [1]	高雄	名	高雄
15. じどうしゃ [2][0]	自動車	名	汽車，轎車
16. タクシー [1]	taxi	名	計程車

文型 II　練習

（請以問答的形式進行口語練習及代換練習。）

1. 何(なん)で　家(うち)へ　帰(かえ)りますか。

　→　電車(でんしゃ)で　家(うち)へ　帰(かえ)ります。

2. A：昨日(きのう)　台湾新幹線(たいわんしんかんせん)で　台北(タイペイ)へ　行(い)きました。

　B：どうでしたか。

　A：とても　速(はや)かったです。

　① バス、安(やす)かったです。

　② 自動車(じどうしゃ)、便利(べんり)でした。

3. 去年(きょねん)　船(ふね)で　日本(にほん)へ　行(い)きました。

　→　えっ、そうですか。

4. A：毎日(まいにち)　何(なん)で　学校(がっこう)へ　来(き)ますか。

　B：いつも　自転車(じてんしゃ)で　学校(がっこう)へ　来(き)ます。

　　今日(きょう)は　雨(あめ)ですから、バスで　来(き)ました。

　① バス、タクシー

　② バイク、自動車(じどうしゃ)

17. はやい [2]	早い、速い	イ形	早的，快的
18. ふね [1]	船	名	船
19. えっ [1]		感嘆	咦
20. バイク [1] [0]	motorbike的省略	名	摩托車

文型III MP3 ◎ 62

お父（とう）さんは　五時（ごじ）<u>に</u>　家（うち）へ　帰（かえ）りました。

先生（せんせい）は　毎朝（まいあさ）　八時（はちじ）に　教室（きょうしつ）へ　来（き）ます。

今日（きょう）　五時（ごじ）に　家（うち）へ　帰（かえ）ります。

お父（とう）さんは　十月十日（じゅうがつとおか）に　アメリカへ　行（い）きます。

今日（きょう）　九時（くじ）に　学校（がっこう）へ　来（き）ました。

美和（みわ）さんは　夏休（なつやす）み（に）　日本（にほん）へ　帰（かえ）りました。

日曜日（にちようび）（に）　家族（かぞく）と　デパートへ　行（い）きました。

21. に		格助	提示時間的助詞
22. ～がつ	～月	接尾	～月
23. とおか [0]	十日	名	十日，十天
24. ～にち	～日	接尾	～日，～號
25. なつやすみ [3]	夏休み	名	暑假
26. かぞく [1]	家族	名	家人，家族
27. と		格助	提示互動動作的對象助詞（和～人一起～）

文型III　練習

（請以問答的形式進行口語練習及代換練習。）

1. 誕生日(たんじょうび)は　何月何日(なんがつなんにち)ですか。

　→　六月十四日(ろくがつじゅうよっか)です。

2. 昨日(きのう)　何時(なんじ)に　家(うち)へ　帰(かえ)りましたか。

　→　六時(ろくじ)に　家(うち)へ　帰(かえ)りました。

3. いつ　友達(ともだち)と　遊園地(ゆうえんち)へ　行(い)きますか。

　→　十二月二十五日(じゅうにがつにじゅうごにち)のクリスマスに　行(い)きます。

4. A：今日(きょう)　何時(なんじ)に　学校(がっこう)へ　来(き)ましたか。

　B：八時半(はちじはん)に　来(き)ました。

　A：えっ、じゃ、遅刻(ちこく)ですね。

　① 会社(かいしゃ)、九時十分(くじじゅっぷん)

　② 教室(きょうしつ)、一時二十五分(いちじにじゅうごふん)

28. たんじょうび 3	誕生日	名	生日
29. なんがつ 1	何月	疑代	幾月
30. なんにち 1	何日	疑代	幾號
31. いつ 1		疑代	什麼時候
32. じゅうよっか 1	十四日	名	十四號，十四日
33. クリスマス 3	Christmas	名	耶誕節
34. ちこく〔します〕 0	遅刻〔します〕	名 動	遲到

文型IV MP3 ◎ 63

先生(せんせい)は　空港(くうこう)へ　友達(ともだち)を
迎(むか)えに　行(い)きました。

土曜日(どようび)　台北(タイペイ)へ　映画(えいが)を　見(み)に　行(い)きます。

来年(らいねん)　日本(にほん)へ　語学(ごがく)の勉強(べんきょう)に　行(い)きます。

明日(あした)　スーパーへ　買(か)い物(もの)に　行(い)きます。

日曜日(にちようび)　友達(ともだち)と　学校(がっこう)へ　テニスを　しに　来(き)ました。

今日(きょう)　家(うち)へ　忘(わす)れ物(もの)を　取(と)りに　帰(かえ)りました。

お父(とう)さんは　アメリカへ　出張(しゅっちょう)に　行(い)きました。

35. くうこう [0]	空港	名	機場
36. むかえます [4]	迎えます	動	迎接
37. ごがく [1][0]	語学	名	外語
38. べんきょう〔します〕[0]	勉強〔します〕	名 動	學習，用功
39. わすれもの [0]	忘れ物	名	忘記帶的物品
40. とります [3]	取ります	動	取，拿
41. しゅっちょう〔します〕[0]	出張〔します〕	名 動	出差

文型IV　練習

（請以問答的形式進行口語練習及代換練習。）

1. 明日(あした)　どこへ　行(い)きますか。

　→　デパートへ　靴(くつ)を　買(か)いに　行(い)きます。

2. A：どうして　日本(にほん)へ　行(い)きますか。

　B：<u>語学(ごがく)の勉強(べんきょう)</u>に　行(い)きます。

　A：そうですか。

　① お花見(はなみ)

　② 遊(あそ)び

3. どうして　遅刻(ちこく)しましたか。

　→　家(うち)へ　忘(わす)れ物(もの)を　取(と)りに　帰(かえ)りましたから。

どうして：為什麼

4. A：日曜日(にちようび)　<u>学校(がっこう)</u>へ　何(なに)を　しに　来(き)ましたか。

　B：<u>ミーティング</u>に　来(き)ました。

　① 会社(かいしゃ)、残業(ざんぎょう)

　② 図書館(としょかん)、勉強(べんきょう)

語彙

42. おはなみ〔します〕0	お花見〔します〕	名 動	賞花
43. あそびます 4	遊びます	動	遊玩，玩樂
44. ざんぎょう〔します〕0	残業〔します〕	名 動	加班

會話本文 MP3 ◎ 64

毎日（まいにち）　学校（がっこう）へ　来（き）ます。

阿部（あべ）：おはよう　ございます。

張（ちょう）　：おはよう。今日（きょう）は　早（はや）いですね。

阿部（あべ）：ええ、今日（きょう）は　朝（あさ）　七時半頃（しちじはんごろ）　学校（がっこう）へ　来（き）ました。

～頃（ごろ）：～左右

張（ちょう）　：何（なん）で　学校（がっこう）へ　来（き）ましたか。

阿部（あべ）：いつも　電車（でんしゃ）で　来（き）ますが、今日（きょう）は　バスで　来（き）ました。張（ちょう）さんは。

張（ちょう）　：わたしは　いつも　自転車（じてんしゃ）で　学校（がっこう）へ　来（き）ます。

阿部（あべ）：そうですか。あっ、今度（こんど）の母（はは）の日（ひ）に　どこへ　行（い）きますか。

張（ちょう）　：家（うち）へ　帰（かえ）ります。ご飯（はん）を　食（た）べに　帰（かえ）ります。阿部（あべ）さんは。

阿部（あべ）：日本人（にほんじん）の友達（ともだち）と　淡水（たんすい）へ　遊（あそ）びに　行（い）きます。

　　　　それから、一緒（いっしょ）に　ご飯（はん）を　食（た）べます。

張（ちょう）　：楽（たの）しみですね。

45. こんど [1]	今度	名	這次
46. ははのひ [1]	母の日	名	母親節
47. たんすい [1]	淡水	名	淡水
48. いっしょ〔に〕[0]	一緒〔に〕	名 動	一起
49. たのしみ [3] [4]	楽しみ	名 ナ形	期待

會話代換練習

（請將① ②的語彙，套入____內，進行口語練習。）

〈Ⅰ〉

張　：今日は　何で　学校へ　来ましたか。

阿部：電車で　来ました。張さんは。

張　：わたしは　いつも　自転車で　学校へ　来ます。

阿部：そうですか。

① 家へ　帰ります、バスで　帰ります、バイク、家へ　帰ります

② 台北へ　行きます、台湾新幹線で　行きます、バス、台北へ　行きます

〈Ⅱ〉

阿部：今度の母の日に　どこへ　行きますか。

張　：ご飯を　食べに　帰ります。阿部さんは。

阿部：空港へ　友達を　迎えに　行きます。

張　：楽しみですね。

① クリスマス、カラオケに

② 休みの日、映画を　見に

50. カラオケ〔します〕0　（和）空＋orchestra的省略　名 動　卡拉OK，唱卡拉OK

學習總複習 MP3 65

1. 聽寫練習

（請依照MP3播放的內容，寫出正確的答案。）

① ______________________________

② ______________________________

③ ______________________________

④ ______________________________

⑤ ______________________________

2. 請寫出以下詞語的漢字與假名

① 腳踏車 （　　　　　　）（　　　　　　）

② 遊樂園 （　　　　　　）（　　　　　　）

③ 暑假 （　　　　　　）（　　　　　　）

④ 2月14日 （　　　　　　）（　　　　　　）

⑤ 1月1日 （　　　　　　）（　　　　　　）

⑥ 3月27日 （　　　　　　）（　　　　　　）

⑦ 5月5日 （　　　　　　）（　　　　　　）

⑧ 12月31日 （　　　　　　）（　　　　　　）

3. 是非題

（請依照下圖之五月份月曆，回答下列問題。）

① （　　　）来週の　水曜日は　五月十一日です。

② （　　　）テストは　水曜日から　金曜日までです。

③ （　　　）母の日は　五月十三日です。

④ （　　　）美和さんの誕生日は　五月二十二日です。

⑤ （　　　）昨日は　火曜日でした。

⑥ （　　　）五月二十七日に　日本へ　行きます。

4. 填充

（請於〔　　〕中填入適當的疑問代名詞，（　　）中填入適當的助詞。）

① 蘇さん（　　　）誕生日は　〔　　　〕ですか。

② わたしは　毎日　美和さん（　　　）　学校（　　　）　行きます。

③ あなたは　何（　　　）　会社へ　来ましたか。

④ わたしは　去年　家族（　　　）　日本へ　来ました。

⑤ 来月の十日（　　　）　飛行機（　　　）　アメリカへ　行きます。

飛行機：飛機

⑥ あなたは　〔　　　〕と　一緒に　家へ　帰りますか。

→ 林さんと　一緒に　帰ります。

⑦ 美和さんは　中国語（　　　）　勉強（　　　）来ました。

⑧ 駅へ　先生を　迎え（　　　）　行きます。

⑨ 先週の日曜日　どこ（　　　）　行きませんでした。

先週：上週

5. 請依照指示，完成目的用法的句型文

例：日曜日／遊園地／遊びます／行きます

　→ 日曜日、遊園地へ　遊びに　行きます。

① 昨日／映画館／映画を　見ます／行きました

____

② 午後／スーパー／買い物します／行きます

____

③ コンビニ / パンとおにぎりを　買います / 行きます

④ 今朝 / 家 / 忘れ物を　取ります / 帰りました

6. 問答題

（可依個人實際狀況回答。）

① 夏休みは　何月何日からですか。

② 昨日　どこへ　行きましたか。

③ 今日は　何で　学校へ　来ましたか。

④ 誰と　一緒に　アメリカへ　遊びに　行きますか。

7. 看圖造句

①

王さん / 空港 / 阿部さん / 迎えます / 行きます

②

美和さん / 友達 / バス / 家 / 帰ります

豆知識

相撲の歴史　相撲的歷史

相傳「**相撲**」是農耕時期，為祈求農作物豐收而舉行的儀式。現在的「**大相撲**」，在「**江戸時代**」定型後，被譽為「**裸の大使**」（裸身的大使），於國際間享譽盛名。

相撲選手稱為「**力士**」，學藝的地方稱為「**相撲部屋**」，每位「**力士**」吃、住和練習都在此，而「**師匠**」（師父）稱為「**親方**」。

「**力士**」有等級之分，分別為「**横綱**」、「**大関**」、「**関脇**」、「**小結**」和「**前頭**」等。等級越高，身上穿的「**化粧まわし**」（類似圍裙，長及腳踝）就越豪華，「**まげ**」（髮髻）也會梳成有如銀杏葉狀的「**大銀杏**」，腰上纏的「**まわし**」更是鮮豔的綢緞製品。而等級較低的「**力士**」，只能用黑色棉製品。

「**力士**」的飲食，統稱為「**ちゃんこ**」，一天二餐，用餐須照階級順序。「**ちゃんこ**」的內容，從火鍋、生魚片到中華料理包羅萬象，近來為迎合年輕人的口味，甚至有「**カレーライス**」（咖哩飯）和「**ハンバーグ**」（漢堡排）。

從以上種種，我們可窺知「**相撲**」是多麼講求實力的世界，不論收入或待遇，等級高低都有著天壤之別呢！

附 錄

重點提示

1. 問候用語
2. 大學科系
3. 數字
4. 年齡
5. 華人常見姓氏
6. 日本人常見姓氏
7. 「月份」的說法
8. 「一週七天」的說法
9. 「日期」的說法
10. 「整點」的說法
11. 「分鐘」的說法
12. 時間推移（年）
13. 時間推移（月）
14. 時間推移（星期）
15. 時間推移（每日）
16. 「樓層」的表示法
17. 日本行政區
18. 世界國名

問候用語

日　　文	中文翻譯
はじめまして。	初次見面。
どうぞ　よろしく。	請多多指教。
お元気(げんき)ですか。	你好嗎？
おかげさまで。	託你的福。
おはよう　ございます。	早安。
こんにちは。	午安、你好。
こんばんは。	晚安。
お休(やす)みなさい。	晚安（睡前說的晚安）。
ありがとう　ございます。	謝謝。
どういたしまして。	不客氣。
すみません。	對不起、謝謝、請問。
いいえ。	沒關係、不會。
どうぞ。	請。
さようなら。	再見。
いただきます。	開動了。
ごちそうさまでした。	我吃飽了（謝謝招待）。
ただいま。	我回來了。
お帰(かえ)りなさい。	你回來了。

大學科系

学部（がくぶ） 學院	学科（がっか） 科系			
工学部（こうがくぶ） 工程學院	機械工学科（きかいこうがっか） 機械工程學系	土木学科（どぼくがっか） 土木工程學系	工業工程と管理学科（こうぎょうこうていとかんりがっか） 工業工程與管理學系	
	化学工学と材料科学学科（かがくこうがくとざいりょうかがくがっか） 化學工程與材料科學學系	環境工学学科（かんきょうこうがくがっか） 環境工程學系	応用力学学科（おうようりきがくがっか） 應用力學系	
理学部（りがくぶ） 理學院	数学学科（すうがくがっか） 數學系	物理学科（ぶつりがっか） 物理系	生命理学科（せいめいりがっか） 生命科學學系	
法学部（ほうがくぶ） 法學院	政治学科（せいじがっか） 政治系	法律学科（ほうりつがっか） 法律系	国際政治学科（こくさいせいじがっか） 國際關係學系	
商学部（しょうがくぶ） 商學院	経済学科（けいざいがっか） 經濟系	会計学科（かいけいがっか） 會計學系		
管理学部（かんりがくぶ） 管理學院	企業管理学科（きぎょうかんりがっか） 企業管理學系	財務金融学科（ざいむきんゆうがっか） 財務金融學系	国際企業学科（こくさいきぎょうがっか） 國際企業學系	経営管理技術学科（けいえいかんりぎじゅつがっか） 經營管理技術系

學部	學科			
情報学部（じょうほうがくぶ） 資訊學院	情報工学科（じょうほうこうがっか） 資訊工程學系	情報管理学科（じょうほうかんりがっか） 資訊管理學系	情報伝達学科（じょうほうでんたつがっか） 資訊傳播學系	
	情報ネットワーク技術学科（じょうほう ぎじゅつがっか） 資訊網路技術學系			
人文社会学部（じんぶんしゃかいがくぶ） 人文社會學院	日本語学科（にほんごがっか） 日本語文學系	中国語文学科（ちゅうごくごぶんがっか） 中國語文學系	英語学科（えいごがっか） 英國語文學系	フランス語学科（ごがっか） 法國語文學系
	社会と政策科学学科（しゃかい せいさくかがくがっか） 社會暨政策科學學系	芸術開発と発展学科（げいじゅつかいはつ はってんがっか） 藝術創意與發展學系	応用外国語学科（おうようがいこくごがっか） 應用外語學系	
電機通信学部（でんきつうしんがくぶ） 電機通訊學院	電機機械工学科（でんききかいこうがっか） 電機工程學系	通信工学科（つうしんこうがっか） 通訊工程學系	工学電子工学科（こうがくでんしこうがっか） 光電工程學系	
医学部（いがくぶ） 醫學院	医学科（いがくか） 醫學系	総合薬学科（そうごうやくがっか） 藥理學系	保健学科（ほけんがっか） 預防醫學系	看護学科（かんごがっか） 護理學系
教育学部（きょういくがくぶ） 教育學院	教育学科（きょういくがっか） 教育學系			

數字、年齡

附錄

數字

一（いち）	二（に）	三（さん）	四（し）／四（よん）	五（ご）	六（ろく）
七（しち）／七（なな）	八（はち）	九（きゅう）／九（く）	十（じゅう）	十一（じゅういち）	十二（じゅうに）
十三（じゅうさん）	十四（じゅうし）／十四（じゅうよん）	十五（じゅうご）	十六（じゅうろく）	十七（じゅうしち）／十七（じゅうなな）	十八（じゅうはち）
十九（じゅうきゅう）／十九（じゅうく）	二十（にじゅう）	三十（さんじゅう）	四十（よんじゅう）	五十（ごじゅう）	六十（ろくじゅう）
七十（ななじゅう）／七十（しちじゅう）	八十（はちじゅう）	九十（きゅうじゅう）	百（ひゃく）	二百（にひゃく）	三百（さんびゃく）
四百（よんひゃく）	五百（ごひゃく）	六百（ろっぴゃく）	七百（ななひゃく）	八百（はっぴゃく）	九百（きゅうひゃく）
千（せん）	二千（にせん）	三千（さんぜん）	四千（よんせん）	五千（ごせん）	六千（ろくせん）
七千（ななせん）	八千（はっせん）	九千（きゅうせん）	一万（いちまん）	十万（じゅうまん）	百万（ひゃくまん）
（一）千万（いっせんまん）	一億（いちおく）	一兆（いっちょう）			

年齡

一歳（いっさい）	二歳（にさい）	三歳（さんさい）	四歳（よんさい）	五歳（ごさい）	六歳（ろくさい）
七歳（ななさい）	八歳（はっさい）	九歳（きゅうさい）	十歳（じゅっさい）／十歳（じっさい）	十一歳（じゅういっさい）	十二歳（じゅうにさい）
十三歳（じゅうさんさい）	十四歳（じゅうよんさい）	十五歳（じゅうごさい）	十六歳（じゅうろくさい）	十七歳（じゅうななさい）	十八歳（じゅうはっさい）
十九歳（じゅうきゅうさい）	二十歳（はたち）／二十歳（にじゅっさい）	三十歳（さんじゅっさい）	四十歳（よんじゅっさい）	五十歳（ごじゅっさい）	六十歳（ろくじゅっさい）
七十歳（ななじゅっさい）	八十歳（はちじゅっさい）	九十歳（きゅうじゅっさい）	百歳（ひゃくさい）		

華人常見姓氏

う 于	おう 王	おう 欧	おう 汪	おうよう 欧陽
か 夏	か 何	かん 管	かん 韓	きょ 許
こ 胡	ご 呉	こう 洪	こう 孔	こう 高
こう 黄	こう 江	さい 蔡	しゅ 朱	しゅう 周
じょ 徐	しょう 鐘	しょう 蒋	しん 沈	しん 秦
せき 石	せん 銭	そ 蘇	そう 荘	そう 曹
そう 曾	そう 宋	そん 孫	ちょう 張	ちょう 趙
ちん 陳	てい 丁	てい 鄭	とう 陶	とう 唐
とう 董	ば 馬	ひょう 馮	ほう 方	よ 余
よう 葉	よう 楊	り 李	りく 陸	りゅう 劉
りょう 梁	りょう 廖	りん 林	ろ 呂	

日本人常見姓氏

たなか 田中	やまもと 山本	やました 山下	いとう 伊藤	こばやし 小林
わたなべ 渡辺	よしだ 吉田	ふくだ 福田	うえだ 上田	いしかわ 石川
さかい 酒井	まつい 松井	かとう 加藤	こんどう 近藤	さとう 佐藤
さいとう 斉藤	きむら 木村	なかむら 中村	すずき 鈴木	くろかわ 黒川
みうら 三浦	もりた 森田	おかだ 岡田	やまだ 山田	たかぎ 高木
たかはし 高橋	いとう 伊藤	ささき 佐々木	やまぐち 山口	まつもと 松本
はやし 林	しみず 清水	やまざき 山崎	いけだ 池田	あべ 阿部
はしもと 橋本	はせがわ 長谷川	むらかみ 村上	いしい 石井	さかもと 坂本
えんどう 遠藤	あおき 青木	ながの 長野	いのはら 井ノ原	みやけ 三宅
おおの 大野	さくらい 桜井	あいば 相葉	にのみや 二宮	かめなし 亀梨
あかにし 赤西	たぐち 田口	なかまる 中丸	うえの 上野	

時間、「樓層」的表示法

「月份」的說法

日文發音	漢字表記	中文翻譯
いちがつ	一月	一月
にがつ	二月	二月
さんがつ	三月	三月
しがつ	四月	四月
ごがつ	五月	五月
ろくがつ	六月	六月
しちがつ	七月	七月
はちがつ	八月	八月
くがつ	九月	九月
じゅうがつ	十月	十月
じゅういちがつ	十一月	十一月
じゅうにがつ	十二月	十二月
なんがつ	何月	幾月

「一週七天」的說法

日文發音	漢字表記	中文翻譯
にちようび	日曜日	星期日
げつようび	月曜日	星期一
かようび	火曜日	星期二
すいようび	水曜日	星期三
もくようび	木曜日	星期四
きんようび	金曜日	星期五

どようび	土曜日	星期六
なんようび	何曜日	星期幾

「日期」的說法

日文發音	漢字表記	中文翻譯
ついたち	一日	一日、一號
ふつか	二日	二日、二號
みっか	三日	三日、三號
よっか	四日	四日、四號
いつか	五日	五日、五號
むいか	六日	六日、六號
なのか	七日	七日、七號
ようか	八日	八日、八號
ここのか	九日	九日、九號
とおか	十日	十日、十號
じゅういちにち	十一日	十一日、十一號
じゅうににち	十二日	十二日、十二號
じゅうさんにち	十三日	十三日、十三號
じゅうよっか	十四日	十四日、十四號
じゅうごにち	十五日	十五日、十五號
じゅうろくにち	十六日	十六日、十六號
じゅうしちにち	十七日	十七日、十七號
じゅうはちにち	十八日	十八日、十八號
じゅうくにち	十九日	十九日、十九號
はつか	二十日	廿日、廿號
にじゅういちにち	二十一日	廿一日、廿一號
にじゅうににち	二十二日	廿二日、廿二號

にじゅうさんにち	二十三日	廿三日、廿三號
にじゅうよっか	二十四日	廿四日、廿四號
にじゅうごにち	二十五日	廿五日、廿五號
にじゅうろくにち	二十六日	廿六日、廿六號
にじゅうしちにち	二十七日	廿七日、廿七號
にじゅうはちにち	二十八日	廿八日、廿八號
にじゅうくにち	二十九日	廿九日、廿九號
さんじゅうにち	三十日	卅日、卅號
さんじゅういちにち	三十一日	卅一日、卅一號
なんにち	何日	幾號

「整點」的說法

日文發音	漢字表記	中文翻譯
いちじ	一時	一點
にじ	二時	二點
さんじ	三時	三點
よじ	四時	四點
ごじ	五時	五點
ろくじ	六時	六點
しちじ	七時	七點
はちじ	八時	八點
くじ	九時	九點
じゅうじ	十時	十點
じゅういちじ	十一時	十一點
じゅうにじ	十二時	十二點
なんじ	何時	幾點

「分鐘」的說法

日文發音	漢字表記	中文翻譯
いっぷん	一分	一分
にふん	二分	二分
さんぷん	三分	三分
よんぷん	四分	四分
ごふん	五分	五分
ろっぷん	六分	六分
しちふん、ななふん	七分	七分
はっぷん	八分	八分
きゅうふん	九分	九分
じゅっぷん、じっぷん	十分	十分
じゅうごふん	十五分	十五分
さんじゅっぷん、さんじっぷん	三十分	三十分
はん	半	半
なんぷん	何分	幾分

時間推移（年）

日文發音	漢字表記	中文翻譯
おととし	一昨年	前年
きょねん	去年	去年
ことし	今年	今年
らいねん	来年	明年
さらいねん	再来年	後年

時間推移（月）

日文發音	漢字表記	中文翻譯
せんせんげつ	先々月	上上個月
せんげつ	先月	上個月
こんげつ	今月	這個月
らいげつ	来月	下個月
さらいげつ	再来月	下下個月

時間推移（星期）

日文發音	漢字表記	中文翻譯
せんせんしゅう	先々週	上上星期
せんしゅう	先週	上星期
こんしゅう	今週	這星期
らいしゅう	来週	下星期
さらいしゅう	再来週	下下星期

時間推移（每日）

日文發音	漢字表記	中文翻譯
おとといのあさ	一昨日の朝	前天早上
きのうのあさ	昨日の朝	昨天早上
けさ	今朝	今天早上
あしたのあさ	明日の朝	明天早上
あさってのあさ	明後日の朝	後天早上
おとといのばん	一昨日の晩	前天晚上

きのうのばん	昨日の晩	昨晚
ゆうべ	昨夜	昨晚
こんばん	今晩	今晚
こんや	今夜	今晚
あしたのばん	明日の晩	明天晚上
あさってのばん	明後日の晩	後天晚上

「樓層」的表示法

日文發音	漢字表記	中文翻譯
いっかい	一階	一樓
にかい	二階	二樓
さんがい	三階	三樓
よんかい	四階	四樓
ごかい	五階	五樓
ろっかい	六階	六樓
ななかい	七階	七樓
はっかい、はちかい	八階	八樓
きゅうかい	九階	九樓
じゅっかい、じっかい	十階	十樓
なんがい	何階	幾樓

日本行政區

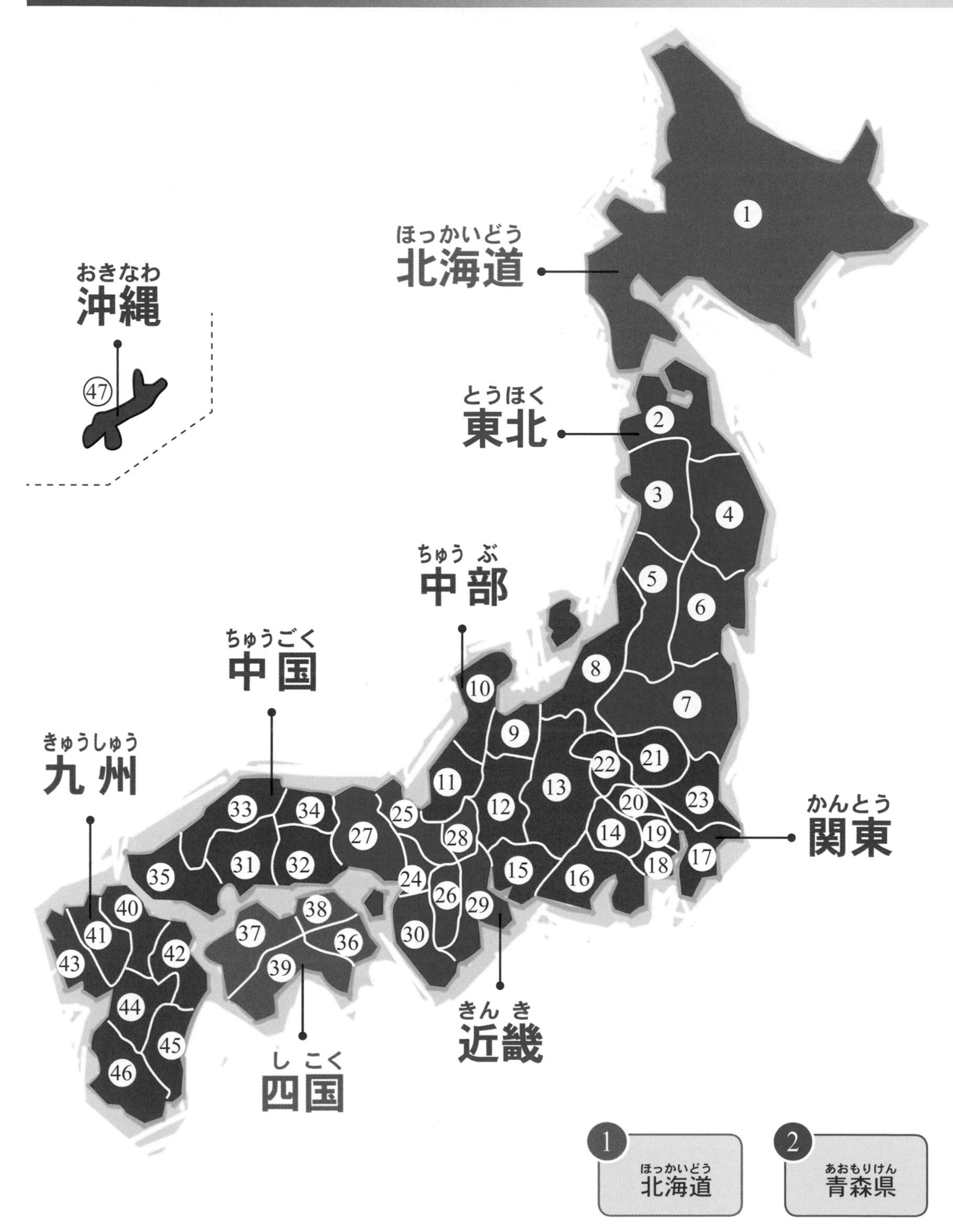

1	2
ほっかいどう 北海道	あおもりけん 青森県

3 秋田県（あきたけん）
4 岩手県（いわてけん）
5 山形県（やまがたけん）
6 宮城県（みやぎけん）
7 福島県（ふくしまけん）
8 新潟県（にいがたけん）
9 富山県（とやまけん）
10 石川県（いしかわけん）
11 福井県（ふくいけん）
12 岐阜県（ぎふけん）
13 長野県（ながのけん）
14 山梨県（やまなしけん）
15 愛知県（あいちけん）
16 静岡県（しずおかけん）
17 千葉県（ちばけん）
18 神奈川県（かながわけん）
19 東京都（とうきょうと）
20 埼玉県（さいたまけん）
21 栃木県（とちぎけん）
22 群馬県（ぐんまけん）
23 茨城県（いばらきけん）
24 大阪府（おおさかふ）
25 京都府（きょうとふ）
26 奈良県（ならけん）
27 兵庫県（ひょうごけん）
28 滋賀県（しがけん）
29 三重県（みえけん）
30 和歌山県（わかやまけん）
31 広島県（ひろしまけん）
32 岡山県（おかやまけん）
33 島根県（しまねけん）
34 鳥取県（とっとりけん）
35 山口県（やまぐちけん）
36 徳島県（とくしまけん）
37 愛媛県（えひめけん）
38 香川県（かがわけん）
39 高知県（こうちけん）
40 福岡県（ふくおかけん）
41 佐賀県（さがけん）
42 大分県（おおいたけん）
43 長崎県（ながさきけん）
44 熊本県（くまもとけん）
45 宮崎県（みやざきけん）
46 鹿児島県（かごしまけん）
47 沖縄県（おきなわけん）

世界國名

日文表記	漢字、英文	中文解釋
アジア	Asia	亞洲
ヨーロッパ	Europe	歐洲
アメリカ	America	美洲
オセアニア	Oceania	大洋洲
アフリカ	Africa	非洲
たいわん	台湾，Taiwan	台灣
にほん	日本，Japan	日本
ちゅうごく	中国，China	中國
かんこく	韓国，Korea	韓國
きたちょうせん	北朝鮮，North Korea	北韓
タイ	Thailand	泰國
ベトナム	Vietnam	越南
シンガポール	Singapore	新加坡
インドネシア	Indonesia	印尼
マレーシア	Malaysia	馬來西亞
フィリピン	Philippines	菲律賓
モンゴル	Mongolia	蒙古
ロシア	Russia	俄羅斯
インド	India	印度
パキスタン	Pakistan	巴基斯坦
ネパール	Nepal	尼泊爾
イスラエル	Israel	以色列
イラン	Iran	伊朗
ヨルダン	Jordan	約旦
サウジアラビア	Saudi Arabia	沙烏地阿拉伯
トルコ	Turkey	土耳其
イギリス	United Kingdom	英國
フランス	France	法國
ドイツ	Germany	德國
イタリア	Italy	義大利

ギリシャ	Greece	希臘
スペイン	Spain	西班牙
ポルトガル	Portugal	葡萄牙
スイス	Switzerland	瑞士
アイスランド	Iceland	冰島
フィンランド	Finland	芬蘭
ノルウェー	Norway	挪威
オランダ	Netherlands	荷蘭
ベルギー	Belgium	比利時
アメリカ	United States of America	美國
カナダ	Canada	加拿大
ブラジル	Brazil	巴西
チリ	Chile	智利
メキシコ	Mexico	墨西哥
キューバ	Cuba	古巴
ニュージーランド	New Zealand	紐西蘭
オーストラリア	Australia	澳州
エジプト	Egypt	埃及
みなみアフリカ	南Africa，South Africa	南非共和國
マダガスカル	Madagascar	馬達加斯加

學習總複習分課解答

第三課（だいさんか）　わたしは　学生（がくせい）です。

1. 聽寫練習

① 先生（せんせい）は　台湾人（たいわんじん）じゃ　ありません。

② わたしは　二十歳（はたち）です。

③ あなたは　誰（だれ）ですか。

④ 彼（かれ）は　わたしの先輩（せんぱい）です。

⑤ 専攻（せんこう）は　日本語（にほんご）ですか。

2. 疑問詞練習

① どなた / 誰（だれ）、王（おう）さん　② 何歳（なんさい） / おいくつ、二十歳（はたち）　③ 何（なん）、日本語（にほんご）

3. 助詞練習

① は　② の　③ か　④ か　⑤ は、の

4. 閱讀練習

Ⅰ ① ×　② ○　③ ×　Ⅱ ① ×　② ○　③ ×

5. 翻譯練習

① ㋒　② ㋔　③ ㋐　④ ㋓　⑤ ㋑

6. 短文練習

（參考）① 蘇（そ）　② 元気（げんき）　③ 日本語（にほんご）　④ 三（さん）　⑤ 日本語（にほんご）　⑥ 十九（じゅうきゅう）

第四課（だいよんか）　今（いま）　何時（なんじ）ですか。

1. 聽寫練習

① 今（いま）　四時半（よじはん）です。

② デパートは　十一時(じゅういちじ)から　九時(くじ)までです。

③ 昨日(きのう)　学校(がっこう)は　休(やす)みでした。

④ 今朝(けさ)は　雨(あめ)でした。

⑤ 今日(きょう)は　何曜日(なんようび)ですか。

2. 看時鐘說時間

① 六時(ろくじ)　② 七時(しちじ)　③ 十二時(じゅうにじ)　④ 九時半(くじはん) / 九時三十分(くじさんじゅっぷん)　⑤ 三時四十分(さんじよんじゅっぷん)

3. 請寫出以下詞語的漢字與假名

① 食堂、しょくどう　② 今朝、けさ　③ 晴れ、はれ　④ 土曜日、どようび

⑤ 学校、がっこう

4. 文型造句

① テストは　午後三時(ごごさんじ)から　午後五時(ごごごじ)までです。

② 学校(がっこう)は　午前九時(ごぜんくじ)から　午後六時(ごごろくじ)までです。

③ デパートは　午前十一時(ごぜんじゅういちじ)から　午後八時(ごごはちじ)までです。

④ 勉強(べんきょう)は　午後七時三十分(ごごしちじさんじゅっぷん) / 七時半(しちじはん)から　午後九時(ごごくじ)までです。

⑤ 休(やす)みは　午後十二時三十分(ごごじゅうにじさんじゅっぷん) / 十二時半(じゅうにじはん)から　午後一時三十分(ごごいちじさんじゅっぷん) / 一時半(いちじはん)までです。

5. 文法練習

① ×、です　② ○　③ ○　④ ○　⑤ ×、ですか

6. 翻譯練習

① ㋑　② ㋒　③ ㋓　④ ㋐

7. 閱讀練習

① ○　② ×　③ ×　④ ×　⑤ ×

第五課(だいごか)　これは　携帯(けいたい)です。

1. 聽寫練習

① それは　あなたの靴(くつ)ですか。

② この眼鏡は　誰のですか。

③ あのコンピューターは　日本製です。

④ 林さんは　一年生ですか、二年生ですか。

⑤ そのかばんは　美和さんのじゃ　ありません。

2. 看圖造句

① これは　新聞です。

② それは　靴です。

③ あれは　辞書です。

④ これは　携帯です。

3. 問答題

① はい、それは　傘です。

② いいえ、これは　デジカメじゃ　ありません。携帯です。

③ いいえ、それは　ボールペンじゃ　ありません。鉛筆です。

④ はい、あれは　コンピューターです。

⑤ いいえ、それは　机じゃ　ありません。椅子です。

4. 填充

① は　② は、の　③ は、の、の　④ は、の　⑤ の　⑥ か、か

5. 翻譯練習

① ㋒　② ㋑　③ ㋓　④ ㋐

6. 重組

① これは　消しゴムです。

② それは　コーヒーですか。

③ このかばんは　先生のです。

④ その時計は　誰のですか。

第六課　ここは　教室です。

1. 聽寫練習

① 日本語のクラスは　どこですか。

② そこは　学校の本屋じゃ　ありません。

③ コンビニは　そのビルの一階です。

④ 先生は　会計学科の事務室です。

⑤ この雑誌は　２３０元です。

2. 請寫出以下詞語的漢字與假名

① 体育館、たいいくかん　② 部屋、へや　③ 図書館、としょかん

④ 本屋、ほんや　⑤ 階段、かいだん　⑥ 寮、りょう

3. 看圖造句

① ここは　会議室です。

② そこは　トイレです。

③ ここは　二階です。

④ あそこは　コーヒーショップです。

4. 看圖回答問句

① 会議室は　ここです。

② 谷口先生は　図書館です。

③ その携帯は　9 500元です。

④ 日本語学科の事務室は　三階です。

⑤ 美和さんの学校は　平成大学です。

5. 填充

① 何階（どこ）② どちら　③ どちら　④ の、いくら　⑤ の、の　⑥ いくら

6. 請完成以下問句

① エレベーターは　どこですか。

② お国は　どちらですか。

③ 先生(せんせい)は　事務室(じむしつ)ですか。

④ 中国語学科(ちゅうごくごがっか)の事務室(じむしつ)は　何階(なんがい)ですか。

⑤ あそこは　郵便局(ゆうびんきょく)ですか。

7. 重組與中文翻譯

① これは　日本(にほん)の車(くるま)じゃ　ありません。

中譯：這不是日本車。

② 日本語(にほんご)の先生(せんせい)は　どこですか。

中譯：日語老師在哪裡呢？

③ 王(おう)さんの学校(がっこう)は　どちらですか。

中譯：王同學就讀於哪一所學校？

④ あなたの部屋(へや)は　何階(なんがい)ですか。

中譯：你的房間是幾樓呢？

第七課(だいななか)　日本語(にほんご)は　おもしろいです。

1. 聽寫練習

① 食堂(しょくどう)の食(た)べ物(もの)は　おいしいですか。

② 昨日(きのう)の天気(てんき)は　どうでしたか。

③ 阿部先輩(あべせんぱい)は　明(あか)るい人(ひと)です。

④ 日本(にほん)の車(くるま)は　あまり　高(たか)くないです。

⑤ 寮(りょう)の部屋(へや)は　暗(くら)いです。そして、小(ちい)さいです。

2. 寫出下列形容詞之相反詞

① 暑(あつ)い　② 安(やす)い / 低(ひく)い　③ 新(あたら)しい　④ 暗(くら)い

3. 請完成下表

	非過去式肯定	非過去式否定	過去式肯定	過去式否定
大(おお)きい	大(おお)きいです	大(おお)きくないです	大(おお)きかったです	大(おお)きくなかったです

暖かい	暖かいです	暖かくないです	暖かかったです	暖かくなかったです
おいしい	おいしいです	おいしくないです	おいしかったです	おいしくなかったです
いい	いいです	よくないです	よかったです	よくなかったです
おもしろい	おもしろいです	おもしろくないです	おもしろかったです	おもしろくなかったです

4. 填充

①どう　②×　③どんな　④そして　⑤×、の　⑥は

5. 文法練習

①○　②×、暑かったです　③○　④×、難しくないです

⑤×、寒くなかったです　⑥○　⑦×、どうですか　⑧○

6. 翻譯練習(1)

①日語有趣，而且簡單。

②那間美術館很舊 / 那間美術館很古老。

③這個好吃的食物是什麼？

④昨天的考試不太難。

7. 翻譯練習(2)

①日本のテレビは　安いです。

②わたしの部屋は　あまり　大きくないです。

③これは　わたしの新しい靴です。

④昨日の天気は　よくなかったです。

⑤あの日本語の雑誌は　（とても）おもしろいです。

第八課　桜は　きれいです。

1. 聽寫練習

①大学の勉強は　たいへんですか。

②田舎の交通は　便利じゃ　ありません。

③ これは　丈夫なかばんです。

④ 阿部さんの彼女は　きれいな人です。そして、優しいです。

⑤ 新しい仕事は　たいへんですが、おもしろいです。

2. 請完成下表

	非過去式肯定	非過去式否定	過去式肯定	過去式否定
派手	派手です	派手じゃありません	派手でした	派手じゃありませんでした
便利	便利です	便利じゃありません	便利でした	便利じゃありませんでした
暇	暇です	暇じゃありません	暇でした	暇じゃありませんでした
きれい	きれいです	きれいじゃありません	きれいでした	きれいじゃありませんでした
簡単	簡単です	簡単じゃありません	簡単でした	簡単じゃありませんでした

3. 寫出下列形容詞之相反詞

① 静か　② 派手　③ 不便　④ 忙しい

4. 造句

① 谷口先生は　ハンサムです。

② 陽明山の桜は　きれいです。

③ 忘年会は　にぎやかです。

④ この仕事は　面倒です。

5. 文法練習

① ×、きれいじゃ　ありません　② ×、暇でした　③ ×、有名な学校

④ ×、立派な建物です　⑤ ×、元気です　⑥ ○

⑦ ×、元気じゃ　ありませんでした　⑧ ○　⑨ ×、静かですが、不便です

⑩ ×、真面目な人　⑪ ○

6. 問答題

① はい、台北の交通は　とても　便利です。

② いいえ、学校のトイレは　あまり　きれいじゃ　ありません。

③ 日本語の先生は　親切な人です。

④ はい、暇です。

⑤ 日本は　きれいです。

7. 翻譯練習

① 花蓮は　あまり　にぎやかじゃ　ありません。

② 元気大学は　小さい学校ですが、とても有名です。

③ 彼は　真面目な人です。

④ 台北１０１ビルは　立派な建物です。

第九課　Ｅメールを　書きます。

1. 聽寫練習

① 毎日　日本語を　勉強しますか。

② 昨日　何も　食べませんでした。

③ あなたは　いつも　学校の食堂で　昼ごはんを　食べますか。

④ 昨日　晩ごはんを　食べました。それから、何を　しましたか。

⑤ 日本の番組は　とても　おもしろいですから、よく　見ます。

2. 請完成下表

非過去式肯定	非過去式否定	過去式肯定	過去式否定
見ます	見ません	見ました	見ませんでした
食べます	食べません	食べました	食べませんでした
買います	買いません	買いました	買いませんでした
聞きます	聞きません	聞きました	聞きませんでした
宿題を　します	宿題を　しません	宿題を　しました	宿題を　しませんでした

3. 看圖造句

① 美和さんは　音楽を　聞きます。

② 谷口先生は　部屋で　手紙を　書きます。

③ 張さんは　コーヒーショップで　ジュースを　飲みます。

④ 王さんは　マクドナルドで　ハンバーガーを　食べます。

⑤ 林先生は　昨日　コンビニで　新聞と雑誌を　買いました。

⑥ 阿部さんは　昨日の夜　宿題を　しました。それから、テレビを　見ました。

4. 回答問句

① 美和さんは　いつも　学校の食堂で　昼ごはんを　食べます。

② 谷口先生は　よく　体育館で　テニスを　します。

③ 美和さんは　今朝　新聞を　読みました。それから、ラジオの放送を　聞きました。

④ 阿部さんは　昨日　何も　しませんでした。

⑤ 王さんは　レポートを　書きました。それから　昼寝を　しました。

5. 填充

① 何　② で、を　③ も　④ は、を　⑤ で　⑥ 何、を

6. 改錯

① 起きます　② で　③ それから　④ 勉強します　⑤ 休みでした　⑥ 白い靴

⑦ 買いました　⑧ 高かったです　⑨ で　⑩ おもしろくなかったです

第十課　去年　台湾へ　来ました。

1. 聽寫練習

① あなたは　いつ　台湾へ　来ましたか。

② お父さんは　いつも　電車で　会社へ　行きますか。

③ 美和さんは　十二月二十五日のクリスマスに　日本へ　帰りますか。

④ お母さんの誕生日は　何月何日ですか。

⑤ 彼は　日曜日　会社へ　残業に　行きました。

2. 請寫出以下詞語的漢字與假名

①（自転車）（じてんしゃ）

②（遊園地）（ゆうえんち）

③（夏休み）（なつやすみ）

④（二月十四日）（にがつじゅうよっか）

⑤（一月一日）（いちがつついたち）

⑥（三月二十七日）（さんがつにじゅうしちにち）

⑦（五月五日）（ごがついつか）

⑧（十二月三十一日）（じゅうにがつさんじゅういちにち）

3. 是非題

① ×　② ○　③ ×　④ ×　⑤ ○　⑥ ○

4. 填充

① の、何月何日（なんがつなんにち） / いつ　② と、へ　③ で　④ と　⑤ に、で　⑥ 誰（だれ）　⑦ の、に　⑧ に

⑨ も

5. 請依照指示，完成目的用法的句型文

① 昨日（きのう）　映画館（えいがかん）へ　映画（えいが）を　見（み）に　行（い）きました。

② 午後（ごご）　スーパーへ　買（か）い物（もの）に　行（い）きます。

③ コンビニへ　パンとおにぎりを　買（か）いに　行（い）きます。

④ 今朝（けさ）　家（うち）へ　忘（わす）れ物（もの）を　取（と）りに　帰（かえ）りました。

6. 問答題

① 夏休（なつやす）みは　七月一日（しちがつついたち）からです。

② 昨日（きのう）　図書館（としょかん）へ　行（い）きました。

③ バイクで　来（き）ました。

④ 家族（かぞく）と　一緒（いっしょ）に　アメリカへ　遊（あそ）びに　行（い）きます。

7. 看圖造句

① 王（おう）さんは　空港（くうこう）へ　阿部（あべ）さんを　迎（むか）えに　行（い）きます。

② 美和（みわ）さんは　友達（ともだち）と　バスで　家（うち）へ　帰（かえ）ります。

重點提示、會話中文翻譯

第三課　我是學生。

學習重點

1. 我是學生。
2. 張先生 / 張小姐不是上班族。
3. 老師是哪位呢？
4. 美和小姐是日本的交換留學生。

會話本文

初次見面

王　：初次見面，我姓王。

張　：初次見面。王同學是新生嗎？

王　：是的，我是機械系的一年級。

張　：原來如此啊。對了，王同學，她是美和同學。

美和：我是交換留學生的高野美和。

　　　主修是中文，二年級。

　　　今年二十歲。

　　　請多多指教。

王　：彼此彼此，請多指教。

第四課　現在幾點呢？

學習重點

1. 現在幾點呢？
2. 派對是從六點到九點。
3. 前天是放假。
4. 昨天不是雨天。

會話本文

現在幾點？

張　：早安。

美和：早安。現在幾點呢？

張　：十點。從現在開始是中文的學習嗎？

美和：是的，正是如此。

張　：中文的學習是從幾點開始到幾點為止呢？

美和：從十點十分開始到十二點為止。
　　　張同學現在開始是日文的學習嗎？

張　：不是，不是日文的學習。
　　　日文的學習是昨天。

美和：原來如此。

第五課　這是手機。

學習重點

1. 這是手機。
2. 那不是林先生的個人電腦。
3. 這本書是我的。
4. 那是「ソ」，還是「ン」呢？

會話本文

那是什麼呢？

阿部：張同學，那是什麼呢？

張　：這個嗎？這是手機。

阿部：好可愛喔。那個也是手機嗎？

張　：不是，這不是手機。是數位相機。

阿部：是你的嗎？

張　：不是，不是我的。是王同學的。

阿部：原來如此。

第六課　這裡是教室。

學習重點

1. 這裡是教室。
2. 那裡是宿舍。
3. 那裡是網球場。
4. 中文系的辦公室在哪裡呢？

會話本文

學校是哪所呢？

美和：張同學，現在開始是日文課嗎？
張　：是的。美和同學呢？
美和：我是中文課。
　　　這裡是我的教室。張同學的教室在哪裡呢？
張　：在那邊。廁所的隔壁。
　　　美和同學在日本的大學是哪所呢？
美和：是平成大學。
張　：那是在哪裡呢？
美和：在大阪。
張　：原來如此。

第七課　日文是有趣的。

學習重點

1. 日文是有趣的。
2. 美國車不貴。
3. 元氣大學是好學校。
4. 台灣料理是美味的。而且便宜。

會話本文

圖書館的建築物很高耶！

阿部：王同學，那棟建築物是什麼呢？

王　：那棟是圖書館。

阿部：圖書館的建築物很高耶！是新的嗎？

王　：是的，是新的。而且是明亮的。

阿部：教室也是新的嗎？

王　：不是，教室不新。

　　　阿部同學的教室如何呢？

阿部：老舊的。而且是暗的。

王　：原來如此。

第八課　櫻花是美麗的。

學習重點

1. 櫻花是美麗的。
2. 花蓮是不熱鬧。
3. 台北是方便的城市。
4. 學習雖然辛苦，卻是快樂的。

會話本文

派對是熱鬧的。

張　：美和同學，留學生的派對如何呢？

美和：很開心。

　　　非常熱鬧的派對。

張　：留學生派對是很有名的喔！

美和：對呀，而且大家的服飾都很漂亮。

張　：平成大學的派對如何呢？

美和：不算有名的派對。

　　　是非常安靜的派對。

第九課　寫E-mail。

學習重點

1. 寫E-mail。
2. 我不看英文報紙。
3. 在麥當勞吃了漢堡。
4. 今晚做功課。然後看電視。

會話本文

經常看日本電影。

谷口：昨天，在學校上課嗎？

張　：沒有，昨天學校放假。

谷口：那麼，在家做了什麼呢？

張　：讀了雜誌。然後看了電影。

谷口：看了什麼樣的電影呢？

張　：看了日本電影。

谷口：經常看日本電影嗎？

張　：對啊，因為日本電影非常有趣，所以經常看。
　　　谷口老師呢？

谷口：我不常看，不過經常聽音樂。

張　：什麼樣的音樂呢？

谷口：美國音樂。

第十課　去年來到了台灣。

學習重點

1. 美和同學去年來到了台灣。
2. 林老師搭巴士去台北。
3. 父親五點回到了家。
4. 老師去機場迎接朋友了。

會話本文

每天來學校。

阿部：早安。

張　：早。今天很早耶！

阿部：對啊，今天早上七點左右，就到學校了。

張　：怎麼來學校的呢？

阿部：平常都是搭電車來，不過今天是搭巴士來。張同學呢？

張　：我都是騎腳踏車來學校。

阿部：這樣啊。啊，這次的母親節，要去哪裡嗎？

張　：回家。要回家吃飯。阿部同學呢？

阿部：要和日本朋友去淡水玩。然後一起吃飯。

張　：很期待吧！

單字索引

大學生
日本語初級
全新修訂版

執筆協力

作者

余秋菊　日本京都同志社大學文學研究所文學碩士。
現任中央大學、元智大學日語兼任講師。

陳宗元　日本國立九州大學文學院博士課程修了。
現任元智大學、輔仁大學、平鎮市民大學日語兼任講師。

張恆如　日本國立東京學藝大學教育研究所國語科教育碩士。
現任元智大學、銘傳大學、清雲科技大學日語兼任講師。

張暖彗　日本上智大學文學研究所碩士畢業。
曾任台南科技大學、致理科技大學、警察專科學校日語兼任教師，
現任元智大學、中原大學日語兼任教師。

總策劃

元氣日語編輯小組

王愿琦　日本國立九州大學研究所比較社會文化學府碩士，博士課程學分修了。
曾任元智大學、世新大學、台北科技大學日語兼任講師。

こんどうともこ　日本杏林大學外文系畢業，日本國立國語研究所修了。
曾任日本NHK電視台劇本編寫及校對，臺北市文化局文化快遞顧問，
於輔仁大學、青輔會、板橋高中等機關教授日語。

葉仲芸　淡江大學日文系畢業，曾任書籍翻譯，以及日語學習雜誌、生活叢書編輯。

國家圖書館出版品預行編目資料

大學生日本語 初級 全新修訂版 / 余秋菊等著
--修訂初版--臺北市：瑞蘭國際, 2018.06
240面；19 x 26公分 --（日語學習系列；34）
ISBN：978-986-96580-0-3（平裝）
1.日語 2.讀本

803.18　　　　107008855

日語學習系列 34

作者｜余秋菊、陳宗元、張恆如、張暖彗・總策劃｜元氣日語編輯小組
責任編輯｜王愿琦、こんどうともこ、葉仲芸
校對｜余秋菊、陳宗元、張恆如、張暖彗、王愿琦、こんどうともこ、葉仲芸

日語錄音｜今泉江利子、野崎孝男・錄音室｜不凡數位錄音室、采漾錄音製作有限公司
封面設計｜YUKI、陳如琪・版型設計｜張芝瑜
排版｜帛格有限公司、陳如琪・美術插畫｜Ruei Yang

瑞蘭國際出版
董事長｜張暖彗・社長兼總編輯｜王愿琦
編輯部
副總編輯｜葉仲芸・主編｜潘治婷
設計部主任｜陳如琪
業務部
經理｜楊米琪・主任｜林湲洵・組長｜張毓庭

出版社｜瑞蘭國際有限公司・地址｜台北市大安區安和路一段104號7樓之1
電話｜(02)2700-4625・傳真｜(02)2700-4622・訂購專線｜(02)2700-4625
劃撥帳號｜19914152 瑞蘭國際有限公司
瑞蘭國際網路書城｜www.genki-japan.com.tw

法律顧問｜海灣國際法律事務所　呂錦峯律師

總經銷｜聯合發行股份有限公司・電話｜(02)2917-8022、2917-8042
傳真｜(02)2915-6275、2915-7212・印刷｜科億印刷股份有限公司
出版日期｜2018年06月初版1刷・定價｜350元・ISBN｜978-986-96580-0-3
2024年09月三版1刷

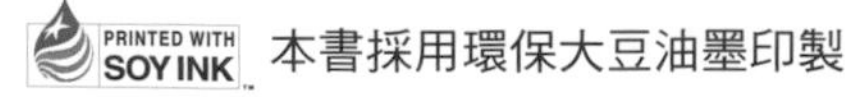

本書採用環保大豆油墨印製

瑞蘭國際

瑞蘭國際